CAFÉ PERGAMINO

FÉLIX ROMERO CAÑIZARES

AF435630

Título original: *Café pergamino*

Primera edición: Diciembre 2020
© 2020 Editorial Kolima, Madrid
www.editorialkolima.com

Autor: Félix Romero Cañizares
Dirección editorial: Marta Prieto Asirón
Maquetación de cubierta: Sergio Santos
Maquetación: Carolina Hernández Alarcón y Lucía Alfonsín Otero

ISBN: 978-84-18263-62-0
Depósito legal: M-30616-2020
Impreso en España

No se permite la reproducción total o parcial de esta obra, ni su incorporación a un sistema informático, ni su transmisión en cualquier forma o por cualquier medio, sea este electrónico, mecánico, por fotocopia, por grabación u otros métodos, el alquiler o cualquier otra forma de cesión de la obra sin la autorización previa y por escrito de los titulares de propiedad intelectual.

Cualquier forma de reproducción, distribución, comunicación pública o transformación de esta obra solo puede ser realizada con la autorización de sus titulares, salvo excepción prevista por la ley. Diríjase a CEDRO (Centro Español de Derechos Reprográficos) si necesita fotocopiar o escanear algún fragmento de esta obra (www.conlicencia.com; 91 702 19 70 / 93 272 04 45).

*A quienes me han acompañado por esa América
que siento extensión de mi patria, donde no he dejado
de aprender de la naturaleza y de mis semejantes, y
consecuentemente de mí mismo.*

1

Fabián Espinosa detuvo por completo el motor del Jeep. Lo hizo para ahorrar combustible, conscientemente, mientras dejaba a los turistas justamente donde le había indicado su padre: al pie del cafetal. En el equipo de audio sonaba, por segunda vez, la cumbia «Ojitos mentirosos»; en el exterior las chicharras. Allí, una vieja cabaña de madera con techo de chapa de cinc, ennegrecida por el infalible óxido que trae el paso del tiempo tropical en su doble condición de magnitud física y circunstancia climatológica. La caseta estaba encajada en una ajustada terraza que había sido escarbada al cerro a base de pico y de pala con el esfuerzo que en su día alimentó la esperanza. Su puerta de tablas estaba concienzudamente amarrada al cerco con las vueltas de una gruesa cadena firmemente enhebrada por un candado nuevo reluciente de cuerpo dorado y varilla plateada.

Ya desde allí, las vistas del valle son impresionantes y la pista de tierra ya no se dirige hacia ningún otro lugar civilizado. Lo que hay más allá es abrupto, salvaje, naturaleza, puro resguardo indígena: el corazón del mundo, lo llamamos. Tan solo se percibe una veredita estrecha que sube hasta Mamaluma, tallada suavemente por unas cuantas pisadas de personas menudas y por las pezuñas de sus animales domésticos, como camuflándose a propósito con la hierba para desaparecer fácilmente al alargar la vista.

—Aquí es —les informó Fabián—. No se dejen nada.

Mientras los turistas descargaban sus pertenencias, Fabián descargó unos costales vacíos de café que llevaba en la trasera de su vehículo y los guardó en el interior de la cabaña. De allí recogió dos cajas de cartón del tamaño de un cajón de cervezas cada una y las colocó en el asiento trasero del Jeep. Para entonces los turistas ya habían descargado sus mochilas junto a unos troncos que alguien había apilado cuidadosamente en una explanada de mortero sobre la que se secaba grano de café. Al pie de esta, una poceta de ladrillo enlucido, igualmente con pasta de cemento, y en su poyete una máquina vieja de despulpar tapada con un saco de yute vacío en el que se leía, marcado con tinta negra, el nombre del país, mostrando así el origen del producto nacional por excelencia y el peso neto que cargaría el costal estando lleno: setenta kilos.

A lo lejos, sobre el recodo del camino que escala la primera loma de ese paraje, que se conoce con el nombre de Uranio, distinguieron fugazmente a una mujer jaguarí. Tenía el pelo muy largo y suelto, y vestía totalmente de blanco. Llevaba los pies desnudos y cargaba a la espalda una abultada bolsa blanca de tela de algodón sujeta a su frente con una cinta larga a modo de asa para hacer el peso más llevadero. Por delante de ella iba también el que debía de ser su hombre, él con botas de goma negra, otra bolsa idéntica cargada a la espalda y al hombro unos palos más o menos derechos del grosor de su mismo brazo, y que debían servirle para construir algún cercado para los animales.

–¿De dónde vendrán? –preguntó el muchacho a nadie en concreto.

–Tal vez de recolectar banano, o limones –aclaró Fabián.

–Increíble.

Los turistas decidieron comer algo antes de iniciar la marcha. Mientras sacaban una pieza de dulce de guayaba, la pareja volvió a sentir las prisas de Fabián, que ya había manifestado de subida la necesidad de tener que regresarse de inmediato a Arellano. Aun así, la muchacha sintió curiosidad por el proceso del café.

–¿Aquí es donde lo preparan? –preguntó con acento extranjero.

Fabián la miró pero sin mediar palabra, pensando que la pregunta era tal vez demasiado imprecisa. Hizo un gesto de duda con el ceño.

–Digo, este café, cuando seque, ¿estará ya listo para tostar?

Fabián miró el café entendiendo ahora que la pregunta de aquellos desconocidos era más adecuada mientras de reojo revisaba la hora en su reloj.

–Aún no. Esto es café pergamino.

–¿Pergamino? –repitió la muchacha.

–Con cascarilla –aclaró Fabián–. Después de que seque aún hay que trillarlo para quitársela y entonces se puede seleccionar la mejor almendra, separando la buena de la mala.

–¿Almendra?

–El grano de café, me refiero.

–Almendra –repitió la muchacha asimilando el concepto–. Pensé que eso era otro fruto, *almonds*.

–También. Pero aquí llamamos almendra al grano de café ya limpio.

–¿Y cómo escogen el bueno?

–A mano.

–¿Uno a uno? –repitió la muchacha sorprendida.

–Sí. Así se selecciona el mejor café del mundo.

–Dicen que el mejor café arábica del mundo es el de las montañas de Jamaica.

–Pues eso yo no les puedo decir. Ese no lo he probado –contestó Fabián, según entraba nuevamente en su Jeep–. ¿Ustedes saben de café?

–Más o menos –dijo el muchacho.

–A ver... –dijo ella con tonillo, como recriminándole a medias que no estaba siendo transparente–, tenemos una cafetería en Ámsterdam... ¿no es cierto?

–Cierto. Compramos mucho café también... –aclaró finalmente el muchacho.

–¿Y no conocieron aún a don Basilio? Él sí que les puede decir, es un experto en café.

–¿Quién es? –preguntó la muchacha.

–Es el cura de Arellano. Aunque no se sorprendan si no lo ven de negro. Es un tipo bien rebelde, ya de unos sesenta y cinco años, con Parkinson.

–¿A la vuelta nos lo puedes presentar?

–Me lo recuerdan. Y si les alcanza la plata les puedo dar un vuelo por la sierra y así ven las plantaciones desde el aire.

–¿Tú eres piloto de aviones? ¿Grandes?

–Sí. Recién. Avionetas de momento. Pero no se asusten, tuve a un militar del Ejército de instructor.

–Sería estupendo sobrevolar de cerca estos valles.

–Listo.

—En quince días nos vemos. Aquí mismo.

—Dios mediante —respondió Fabián—. Cuídense y que tengan suerte.

No quería por nada del mundo que a la bajada se le hiciera de noche. Caviló al verse solo, averiado por aquellos endiablados caminos, y ese simple pensamiento le produjo un escalofrío. Revisó por última vez que no se dejaban nada en el interior del vehículo y entonces arrancó nuevamente el ronco motor del Jeep. Según se ponía en marcha, se despidió de ellos con el dedo pulgar hacia arriba, en un saludo que parecía querer emular el de los aviadores y demostrarles que él también lo era. Ahí le vino la sensación de haberles estado ocultando algo importante. Puso entonces su vista en el retrovisor y los miró con la incertidumbre de si volvería a verlos. Eso le generó un cierto malestar por sentirse cómplice de lo que les pudiera suceder.

En Arellano hacía meses que nadie se atrevía a adentrarse en la sierra. Meses en que ya no se encontraban jornaleros para recolectar todo el café que allí se daba, y menos aún para hacerlo en aquella escondida y lejana finca de los Espinosa, en el límite del resguardo indígena. Allí se acababa un mundo lleno de cafetos y empezaba otro más auténtico abrigado con un manto de bosques, un territorio aún más quebrado e inaccesible para los civilizados donde solo se podía avanzar a pie o a caballo, y donde ya demasiadas cosas eran impredecibles para todos.

Sin demasiado esfuerzo, Fabián se autoconvenció de su inocencia. Como si no tuviera nada que ver, reflexionó que en el fondo a él le habían encomendado aquel transporte: no tenía por qué dar ni pedir explicaciones, y con ello se justificó pensando que él realmente estaba ayudando a aquellos turistas a cumplir su sueño: adentrarse en el corazón del mundo y conocer a los pocos descendientes que quedaban de los *niuwishasa*. Habían cruzado medio mundo para perderse en mitad de esas montañas. «Allá ellos con sus planes y la locura que tengan en su jodida cabeza», pensó.

Aquel viejo *Yipao*[1] que conducía Fabián, uno de esos recomprados por su padre en la capital a un amigo del coronel Evaristo Arias mucho antes de que él ni siquiera hubiera nacido, patinaba descaradamente en cada curva, aunque por suerte aquel ingenio norteamericano parecía tener inteligencia propia para buscar de manera natural la mejor trazada y seguir con seguridad por su camino.

Según avanzaba la cuesta abajo, se percató de que conducía incluso más despacio que de subida; aquellos endiablados caminos, tan empinados y repletos de baches y barro, eran muchísimo más difíciles y peligrosos en el descenso que en el ascenso y, abandonados por Dios y por el Gobierno, no había máquina que los remendara desde hacía años y las dos últimas tormentas había convertido algunos tramos en lodazales. No es que Fabián no estuviera acostumbrado a manejar en aquellas circunstancias, pero aun así el trayecto era terrible hasta el alucine, y así se le ocurrió pensar que, con tantos cerros y con unos caminos tan malos, en la

---

1   Jeep Willys adaptado para el transporte de café y otros productos agrícolas.

práctica el país era más grande porque, siendo así de abrupto, se tardaba mucho más en recorrerlo, y por tanto su patria era entonces mucho mayor de lo que la gente pensaba. Se sintió estúpidamente orgulloso por su razonamiento, convencido de haber descubierto un dato importante para su nación.

Concentrado en la conducción, también pensó en Paola. Contó con los dedos que ya hacía siete semanas que se había ido de Arellano y que recién se había sabido de ella por las dos escuetas cartas que había recibido don Basilio. En resumen decía que estaba bien y que no la buscasen.

2

Llegando al pueblo ya había oscurecido. Fabián se detuvo en la plaza, frente a la refresquería de doña Dilia, para permitir que don Basilio cruzase la calle por delante de él. El cura salía de la iglesia camino del mismo establecimiento. Se fijó en el barro que traía el Jeep y también en que una vez más bajaba vacío, sin café. De reojo alcanzó a ver las dos cajas de cartón que Fabián había colocado en el asiento trasero.

—¿Ya acabaste tu paseo?

—Un viaje a unos clientes del hospedaje —respondió Fabián.

—¿A la sierra? —preguntó extrañado don Basilio.

—Quieren visitar a los jaguaríes.

—¿A los jaguaríes? ¿Tal y como están las cosas? ¿Cómo no les quitaste la idea?

—Mi papá arregló con ellos, padre. Yo cumplo órdenes. ¿De verdad es tan peligroso?

El tono de la pregunta no era inocente. Don Basilio se retuvo la boca para no hablar más de la cuenta. Pensó por un instante que debía conversar de unas con Julio Espinosa, el padre de Fabián, para que le aclarase el porqué de adentrar a aquellos turistas inconscientes en la sierra. Por unos instantes se quedó clavado con la mano puesta en la gastada cortina que doña Dilia usaba contra las moscas. Reflexivo, buscó en su bolsillo la cadenita de su reloj, tiró de ella y entonces se percató de la importancia de la hora. «Las seis casi», dijo para sí.

–A decir verdad –retomó el cura–, desde que tu mamá murió no he parado de verle hacer cosas raras, y parece que te arrastra a ti también.

–Yo soy libre de hacer, padre. Nadie me obliga.

–¿Seguro? Acabas de decir que cumples órdenes.

–Por ganarme una plata, padre.

–Por plata... ¿Y estás ya pilotando para don Evaristo?

–Sí, señor. Ya hace semanas que vuelo yo solo.

–Muchacho, no te creas que vuelas solo. Sin saberlo te llevan, Fabián Espinosa.

–Ya le digo que vuelo solo. Mire.

Fabián metió las manos en la guantera del Jeep y sacó unas llaves pequeñas que debían de ser de la avioneta del coronel.

–No me entiendes, ¿verdad? Tienes que ubicarte, Fabián. ¿Desde cuándo no te confiesas? No te veo por la iglesia desde que falleció tu mamá.

Fabián se quedó pensativo, pero no alcanzó a dar respuesta.

–Y de Paola, ¿nada que decirme? –continuó don Basilio.

–¿Qué le voy a decir yo, padre? Yo sé lo que usted nos cuenta de sus cartas.

–Veo que tampoco quieres entenderme.

Fabián se sonrió de forma altanera.

–Lo que usted diga.

Según se disponía a continuar la marcha, Fabián recordó el interés de los turistas por el café.

–Por cierto, padre, ¿qué café es mejor, el de la sierra o el de las montañas de Jamaica?

–Estas montañas son las más elevadas de todo el Caribe; aquí tenemos humedad, drenaje y temperatura. Nuestro arábica no tiene nada que envidiar al Blue Mountain.

–Si usted lo dice será cierto. Lo digo porque los turistas quieren conocerlo. Dicen que les interesa el café.

–¿De dónde son?

–Holandeses.

–Tráemelos de vuelta. –No era una invitación; más bien descargaba en Fabián la responsabilidad de traerlos enteros.

–¿Volverán, padre? –volvió a preguntar el muchacho intencionadamente.

Con la mente nublada por lo que había detrás de aquella conversación, el cura dejó que Fabián desapareciera tras la humareda negra que soltaba el Jeep al acelerar. De camino a la sacristía tosió secamente varias veces y también concluyó que ya no haría ninguna diferencia hablar del destino de aquellos turistas con Julio Espinosa. Al llegar encontró la puerta abierta, tal y como él la había dejado al salir. Entró y la cerró con llave, como si ahora fuera más peligroso estar dentro que fuera. Abrió el guardarropa y sacó de su interior una caja de madera de detrás de las pocas camisas que colgaban de un puñado de perchas viejas de alambre. La liberó de su candado utilizando para ello una pequeña llave maestra que él mismo había escondido en lo alto de aquel mueble y que atinó a encontrar en un solo tanteo. En aquella caja el cura guardaba una emisora portátil de radiocomunicaciones que colocó sobre la mesita. Lo hizo con la misma parsimonia con la que preparaba el cáliz y el cuerpo de Cristo y la puso en funcionamiento. Tomando asiento, comprobó la conexión con dos toques rápidos del botón que llaman PTT –*Push To Talk*– y esperó hasta escuchar respuesta. «Las seis en punto», comprobó. Entre tanto, tembloroso de su mano diestra por su enfermedad, ayudándose de la otra mano para no verterlo, vació en su pocillo el último tercio de café negro que le quedaba en el termo. Enseguida, a modo de respuesta, escuchó tres interferencias corridas que procedían del lado de su interlocutor y entonces lanzó un mensaje en clave:

–Por la vereda dos pollitos.

Por unos segundos reinó un silencio absoluto, durante el cual solo se escuchaba el sonido sibilante de su asma, crónica desde sus cuarenta, y el cacareo de dos gallinas, otrora libres, que Marcelino, su protegido indígena, le había traído como obsequio y que ahora él guardaba en un gran jaulón metálico contra una de las esquinas del patio interior de la casa.

Sorbió café nuevamente hasta apurarlo convencido de que aquel brebaje era un buen remedio natural contra todos sus achaques. Al rato, una voz concreta y solemne respondió con cierta velocidad a través de aquel equipo transistor:

–Copiado.

De seguido volvieron a escucharse otras tres interferencias que fueron contestadas por don Basilio con otras dos pulsaciones sobre el mismo botón. Lo hizo al compás de los vaivenes del dichoso Parkinson, dando tirones sobre aquel cable rizado que, como si fuera una goma, aguantaba todos sus meneos con entereza.

Decidió quedarse en casa. Un café.

Recordó que aún no había probado el de aquel año, el último que había tostado con la ayuda de Paola y de Marcelino. Se preguntó qué sería de ellos en aquellos momentos. Lo hizo al tiempo que abría uno de los botes metálicos que reutilizaba para guardar su café. Utilizó la punta roma de un cuchillo de alpaca que procedía de la dádiva que recibió por la boda de Violeta Mejías y Julio Espinosa. Hacía ya casi dieciocho años de eso. «Cómo pasa el tiempo», pensó.

Recordó también que solo un año más tarde Elvira Vélez y Emilio Rincón, los padres de Paola, fueron los padrinos en el bautizo de Fabián, y los vio otra vez acompañando a Julio Espinosa y Violeta Mejías, todos como una familia, y también se vio él mismo echando el agua bendita de la sierra sobre la cabeza de aquel bebé alzado en los brazos de su madre sobre la pila bautismal de Arellano que ahora se decía piloto del coronel Evaristo Arias.

Frunció el ceño y se quedó pensativo intentando recordar lo que iba a hacer en aquel momento. Recayó en el café y entonces metió la nariz en el bote para volver al presente. Respiró hasta agotar la inspiración y se volvió a maravillar con aquel suave aroma del mejor café del mundo, del centro del mundo exactamente. Chupó también su dedo índice y lo impregnó con una ligera muestra de aquel grano molido artesanalmente hasta alcanzar el mismo tamaño de los granos de azúcar y se lo llevó a la punta de la lengua. El sabor amargo le resultó exquisito. Le recordó ligeramente a la leña de guamo que utilizaron para tostarlo y ahumarlo a la vez en una especie de parrilla con campana cerrada que él mismo había ingeniado utilizando una plancha fina de fierro acerado procedente de una máquina de esas de abrir caminos que había abandonada a tres kilómetros del pueblo, de cuando el Ejército colaboró para eliminar los cultivos de marihuana, y entonces recordó que también tenía otro bote idéntico, pero tostado con leña de quina roja y un tercero con eucalipto. Concluyó que los sabores serían sutilmente distintos y que la mezcla que se le había ocurrido con los humos del eucalipto sería más útil contra su asma, así que decidió servirse mejor de ese otro, discurriendo que procedía de la primera cosecha que en mucho tiempo se había dado apenas sin roya porque al parecer el verano había sido especialmente largo.

Tomó un pequeño sorbo y se quedó pensativo mientras lo saboreaba y leía en el periódico, un tanto contrariado, que los caficultores temían la inminente llegada de los enfrentamientos a la sierra. Concluyó que eso espantaría a los recolectores y que la mano de obra que se necesitaba para la cosecha sería insuficiente. Pensó también en el futuro de los indígenas en medio de aquel conflicto, ajeno a ellos pero que acababa jugándose en su propia casa, y volvió a tomar otro sorbo de aquel café: «Este es el futuro de la sierra» se dijo en alto.

En el mismo estado de pensamiento agarró la vieja olla de barro que alguien le había traído de un viaje a la capital y se preparó lo que acabó siendo un café largo y solo para él, reflexivo, a fuego lento, con agua de panela y tres clavos de olor. «Hoy mejor dulce y condimentado con giroflé –se dijo en alto–, que ya la vida se nos ha vuelto suficientemente amarga y demasiado seria ella sola».

Por primera vez después de tantos años en la misión comenzó a sentirse cansado.

3

El veterinario de Arellano era un hombre bajito, grueso y de avanzada edad –casi setenta años–, y tal vez por eso se había vuelto despistado. Su verdadero nombre era don Fausto, pero todos le llamaban Chanchito, ese aspecto tenía.

Chanchito jamás tuvo un despiste tan grave como el de aquella noche. A las veintidós horas del 28 de julio del año en que Paola cumplía cinco, Emilio Rincón pidió a su mujer que fuera urgentemente en su busca; había decidido sacrificar a Libertadora. La yegua se había roto la cadera hacía un mes al resbalar por la única calle empedrada de Arellano. Iba cargada con tres costales de café. Desde entonces el animal había pasado los días levitando a diez centímetros del suelo sostenida de cuatro sogas amarradas a las vigas de la cuadra. En aquella postura, el animal básicamente dormía y, cuando no, se quejaba del profundo dolor en la cadera y de las propias heridas que las cinchas le hacían en el vientre. Había perdido el apetito y mucho peso.

Elvira no dudó en seguir la orden de su marido; agarró en brazos a la niña y enfiló la calle en busca del veterinario. Su marido se quedó con el animal, apenado, enfadado con el mundo, acariciando a aquella pobre yegua con los ojos llorosos, los dos, animal y hombre. A través de ella leía su propio pasado y de alguna manera su propio futuro. Libertadora había vivido con él veintitrés años, era suya desde mucho antes de casarse con Elvira. Con una vida tan larga, el animal era parte de la familia y la única yegua que había en la casa. Con aquel animal arreó su primer lote de café. Como muchos otros en Arellano, Emilio y Elvira eran hijos de colonos llegados a la sierra, a ese y otros poblados que ni siquiera eran municipios; simples corregimientos, pedanías levantadas sobre la marcha lejos del conflicto guerrillero del interior del país. En aquel éxodo muchos hombres y mujeres vieron su futuro en la sierra. Muchos vinieron con lo puesto; si tenían un animal eso era un tesoro, por eso Libertadora era tan importante en la vida de Emilio Rincón. Ahora que se le moría aquel animal, que más bien era un emblema al esfuerzo y al coraje de su familia, a través de ese terrible momento sintió la angustia de la incertidumbre: muertos sus padres y siendo hijo único quedó convencido de que con ello se acababa del todo una parte de su vida. Se consolaba pensando que por suerte tenía a Elvira y a Paola a su lado.

A los pocos minutos, Elvira regresó con Chanchito, este cargado con su maletín de cuero. Ambos se percataron del estado de Emilio. Estaba nervioso y no parecía que fuera capaz de ayudar. Con el rostro desencajado, descompuesto e indispuesto, parecía que el mundo se tambaleaba y que él caería desmayado en cualquier instante.

–Vamos, Emilio. Anímate, es ley de vida.

–No es la yegua, Chanchito.

Con el animal gimiendo, don Fausto se acercó a palpar la cadera. Enseguida concluyó que aquello no había soldado ni soldaría ya en condiciones y entonces le ordenó a Elvira que le acercase el maletín y que saliera corriendo a buscar a otro hombre para ayudarles a descolgar a la yegua una vez muerta.

–¡Este hombre y sus ánimos! –exclamó Elvira–. Se me ha hecho un viejito.

–¿Qué es lo que tienes entonces? –preguntó el veterinario.

–Que las desgracias nunca vienen solas, Chanchito. Ni sabemos cuándo empieza una mala racha.

–¡Qué actitud es esa! Así más bien la mala racha la empiezas tú, no es que ella tenga que hacer mucho para venirte a buscar –replicó don Fausto.

Elvira clavó sus ojos en el protocolo del veterinario hasta que don Fausto le devolvió la mirada. Solo entonces recordó que tenía un recado: ir en busca de ayuda. Reaccionó tan sobresaltada que se golpeó con la puerta y olvidó por completo que tenía a su cargo a la pequeña Paola.

En mitad de aquella conversación, Chanchito, extrañado, volvió a concentrarse en su tarea.

–Juraría que agarré dos dosis.

–Tú también estás mayor, Chanchito.

–Yo soy viejo, Emilio. Cualquier día me toca retirarme. Pero es que tú te sientes viejo, y aún te queda media vida por delante.

–¿Qué vas a ponerle pues? –preguntó Emilio en referencia a la inyección.

–Primero un relajante muscular y luego la eutanasia.

Aquel veterinario despistado concluyó que de todas maneras con una dosis sería suficiente y le advirtió que en unos minutos el animal moriría quedando con los ojos abiertos, un efecto secundario del barbitúrico.

–Te lo digo porque te veo sensible; no me vengas luego con poemas: que si te quería tanto que se quedó con los ojos abiertos para ver a su amo...

Emilio Rincón no se inmutó con el comentario de Chanchito que, a su manera, pretendía ser afable y quitarle hierro al asunto.

Paola contempló la escena y, a pesar de que era una *culicagada* que no comprendía lo que ocurría, todo aquello se le quedó grabado en la memoria para siempre: los ojos abiertos de Libertadora, la tristeza de su padre y también su madre hurgando en el maletín de Chanchito, lo cual la desconcertó enormemente, pues su mamá le tenía prohibidísimo hacer eso a ella con las cosas de los demás.

Por entonces Paola no sabía que lo que su madre sisaba del maletín del veterinario era la otra dosis de pentobarbital que don Fausto traía para la yegua. Solo se fijó en que, lo que fuera que cogiera, se lo guardó en el bolsillo del pantalón y con ello salió a cumplir el recado de don Fausto.

Con el tiempo Paola aprendió que el desconcierto conduce al abandono y que las normas incondicionales impuestas por las personas también acaban cambiando con las circunstancias, transformando lo que parecía absoluto, inamovible y eterno en relativo, cambiante y caduco.

La casa de Julio Espinosa y Violeta Mejías estaba a media cuadra. Por eso Paola, siguiendo los pasos de su mamá, alcanzó a entrar fácilmente en la casa de los vecinos mientras Elvira, frenética por lograr su cometido, seguía sin recaer en la pequeña. Atravesó la puerta, y desde ese momento también recordaría para siempre a

Julio Espinosa plantándole un cariñoso beso en la mejilla de su mamá haciendo con ello que ella se abrazase a
él. Luego descubrió que eso era lo que hacían los amantes en las películas: su mano en el cuello y sus dedos
peinando su pelo; él agarrándola por los hombros como
en un intento racional por contener su ímpetu. Para entonces Elvira ya le había explicado a aquel hombre lo
que pasaba: Chanchito y su marido lo necesitaban para
acarrear a la yegua sacrificada; a cambio ella se haría
cargo de Violeta, enferma y postrada en la cama desde
hacía casi tres años por algo degenerativo en el sistema
nervioso que los médicos no sabían especificar. En su
enfermedad, Violeta tenía días en los que estaba más
activa, y entonces en aquella casa se vivía con esperanza
mientras juntaban plata para llevarla a un especialista
a Estados Unidos. Otros días apenas podía moverse, y
entonces se apagaba y quedaba inmersa en una especie
de sopor, latente, hermética.

Julio Espinosa no dudó en prestar ayudar.

Al salir de su propia casa se vio sorprendido por la
mirada de Paola, indefensa y confusa en el umbral de la
puerta.

—Pasa ahí dentro con tu mamá —le dijo, acompa-
ñándola con un pequeño empujoncito hasta mostrarle
la puerta de la habitación donde Violeta Mejías descan-
saba su enfermedad.

La pequeña Paola, reubicada, le obedeció.

Avanzó en busca de su madre, primera habitación
a mano derecha. Allí estaba el dormitorio del matrimonio, la puerta entreabierta. Paola se asomó al umbral y
vio a su mamá de pie, observando a Violeta Mejías dormir de manera desahogada. Sin saber lo que era, vio

que su mamá tenía aquella pócima en la mano. La vio también rebuscar en el cajón de la mesilla hasta que encontró unas tijeras con las que hizo un agujero en el tapón de la botellita para vaciar su contenido en el frasco de donde Violeta Mejías bebía el agua.

Cuando Elvira se volvió hacia la puerta descubrió a la pequeña Paola parada en el umbral agarrada con una manita al cerco, la otra ocupada en un medio abrazo a su yegua de peluche que había sido bautizada por ella misma también con el nombre de Libertadora.

Elvira se estremeció al descubrir allí a la niña e instintivamente se lanzó a por ella. La cogió en brazos, la apretó y se puso a llorar sin saber exactamente por qué.

—La pobre Violeta está malita, mi hija —alcanzó a decir.

La pequeña Paola en cambio no lloró. Ni ella ni nadie comprendía todo lo que estaba ocurriendo entre aquellas dos casas.

—¿Irá al cielo con los abuelos?

—Claro, mi amor.

—¿Y Libertadora?

—También, mi vida —contestó Elvira con la voz quebrada.

—¿Y tú?

—¿Yo? —se sorprendió Elvira—. Yo no, mi amor. ¿Por qué?

—Cuando se hacen cosas malas ya no se va al cielo, ¿verdad?

En un principio, Elvira no supo qué contestar.

–Yo voy a estar siempre contigo, mi hija –reaccionó apretándola en su regazo por unos segundos, hasta que Paola pataleó y consiguió zafarse y salir corriendo. La madre la dejó escapar.

De vuelta a casa, Paola se metió directamente en su habitación y abrió el cajón donde guardaba las velas de su último cumpleaños. Tenía cinco. Cogió dos y con ellas regresó a la casa de los Espinosa. Allí, Elvira contenía el llanto sentada en una silla al pie de la cama de Violeta Mejías. Paola simplemente extendió su brazo y le entregó las velas indicándole que las encendiera:

–Para que Libertadora y Violeta vean hasta que lleguen al cielo –dijo.

Petrificada por el gesto de la niña, dando enteramente por cierta la conclusión de su pequeña, luchó por mantener mínimamente la compostura. Cogió las dos velas, las puso junto a la imagen de santa Marta de Betania que había en el recibidor de aquella casa y las encendió. Aun así, aquella noche ya nunca dejó de ser oscura en los recuerdos de Paola.

4

A las nueve de la mañana del mismo día de santa Marta, Julio Espinosa, nervioso y descompuesto, fue de nuevo a casa de sus vecinos. Emilio Rincón abrió la puerta; con ellos estaba Chanchito, que había ido a cobrar la minuta de la noche anterior y de paso a desayunar. Julio Espinosa los miró casi sin decir y con los ojos húmedos alcanzó a pedir que se quedaran con Fabián mientras se componía el velatorio; el médico estaba en casa y acababa de certificar la muerte de Violeta.

—No ha aguantado más su enfermedad –razonó, confirmando su viudez.

Desde el umbral, Emilio le extendió la mano y, mirándolos a los dos, padre e hijo, acongojado, comprendiendo la pena que debía suponer la pérdida de una esposa y una madre tan joven y bella, los invitó a pasar, ofreciéndose él mismo a ir a dar aviso al cura y al alcalde.

—Ha sido en un momento. Se tomó la medicina y luego desayunó como siempre, y cuando he vuelto a la habitación la he encontrado con los ojos clavados en el techo, como si quisiera seguir aferrándose a este mundo.

Chanchito se quedó pensativo; le recordó a él mismo explicándole a Emilio Rincón cómo sería la muerte de Libertadora tras aplicarle la inyección letal.

–¿Habrá autopsia? –preguntó.

–El médico dice que en su estado podemos dar gracias de que haya sido rápido, que ha tenido una muerte feliz.

Todos asumieron que había sido algo bueno, dentro de la pérdida.

–Cuánto lo siento, querido Julio –dijo Chanchito según se levantaba a saludarle antes de salir por la puerta.

Emilio Vélez agarró su sombrero, se puso una cinta negra en el brazo izquierdo enseñando respeto por aquella familia y bajó a informar, primero al alcalde, porque le venía al paso, y luego a don Basilio, para pedirle que tocara a difunto por el alma de Violeta Mejías.

De camino, pensando en la yegua, se repitió la misma frase dos veces: «Las desgracias nunca vienen solas».

En la sala de estar quedaron Julio Espinosa y su hijo Fabián, mientras Elvira Vélez preparaba café de filtro. El aroma de la infusión recién hecha atrajo a Julio Espinosa hasta la cocina. Allí encontró una atmósfera íntima en la que le resultó más fácil soltar los sentimientos que tenía agarrados a la boca del estómago. Se quedó de pie.

–¿Fabián tomará café? –preguntó ella, alargándole una taza.

–Mejor que no –respondió él.

En aquella cocina, Julio Espinosa tomó el café tinto, negro con azúcar. Elvira Vélez, también dulce pero blanqueado con un poco de leche. Fabián se quedó sentado en la cocina sin decir ni hacer nada, tan solo mirando de reojo a Paola que, apostada como una lechuza en el corredor, contemplaba la escena atentamente abrazada a su peluche mientras mordisqueaba una arepa de queso.

—Gracias por quedarte anoche con ella.

—Por ti hago cualquier cosa, Julio. Ya lo sabes. Los malos tragos son mejores si pasan pronto y acompañados.

—Gracias de corazón.

Se miraron unos segundos, como entendiéndose mentalmente. Elvira se lanzó a abrazarlo y él la correspondió con un beso contenido en la frente y otro abrazo.

—A veces alargamos las cosas más de lo necesario, ¿no crees? —reflexionó Julio Espinosa, que se encontraba en ese estado de duermevela que queda del poco descanso y los golpes inesperados de la vida.

—Y mientras se nos va la felicidad... —respondió ella emocionada y agradecida por la reflexión.

Enseguida se oyó sonar con desánimo el pequeño campanario de la iglesia. El repique de las campanas interrumpió definitivamente aquel momento íntimo, invitando a Julio Espinosa a volver a su casa para cuidar del cuerpo de su mujer hasta que llegasen más vecinos a ayudar con el velatorio. También le dio un beso en la frente a Fabián dejándolo allí a cargo de sus padrinos y se marchó con el cuerpo de Violeta.

Paola se acercó inquieta a aquella extraña mujer que ya no se parecía tanto a la que era su mamá. La contempló como si fuera otra persona. La percibió en trance, extasiada por aquella dosis anormal de adrenalina que dominaba su cuerpo. La miró y lo que vio en ella fue una madre amputada de ternura.

–¿Por qué lo hiciste, Elvira? –dijo temerosa desde lo más profundo de su enorme alma de cinco años.

Sorprendida por la frialdad de la pregunta de su criatura, Elvira se le acercó desconsolada con la cara desencajada y el propósito de poder agarrarla en brazos, pero le resultó imposible. El ánimo de Paola estaba dominado por esa humillación innata que surge de los corazones puros cuando sufren su primera decepción. De allí se había esfumado definitivamente la admiración por su madre.

–¿Qué dice la niña? –preguntó Emilio Vélez según entraba de regreso por la puerta.

–Debe de pensar que yo maté a la yegua... porque avisé a Chanchito... Ya ves... –respondió Elvira con los ojos en lágrimas.

–Qué tontería es esa –preguntó aquel marido despistado sin precisar a qué se refería exactamente–. ¡Ven acá, mi amor!

Paola fue el único de sus dos amores que salió corriendo hacia él. Tal vez imitando a la Libertadora de carne y hueso, lo hizo al trote, con su peluche en brazos. Al final de su cabalgada miró hacia atrás y entonces vio cómo su mamá, pálida y temblorosa, buscaba a tientas la pared mientras Fabián se dirigía hacia ella asustado para evitar su caída. A punto de desvanecerse, el muchacho consiguió sujetarla y acompañarla hasta hacerle tomar asiento en una silla de la cocina.

–Gracias, mi hijo –alcanzó a decir Elvira.

Con Paola en los brazos, Emilio la miró con susto.

–¿Estas bien, Elvira?

–Sí, es solo este calor y las malas noticias.

En el desconcierto, Fabián preguntó entonces algo que no obtuvo respuesta:

–¿Qué hicieron con la yegua? ¿La enterraron también?

La pregunta de su ahijado sonó incoherente y espantosa en la mente de Elvira.

Pasaron meses hasta que Paola volvió a llamarla mamá, pero Elvira Vélez nunca habló de ello con la pequeña; simplemente dejó pasar el tiempo pensando que lo que su hija hubiera tenido en la cabeza igual que le había venido se le iría.

5

El coronel Evaristo Arias no faltó al acompañamiento público por la muerte de Violeta. Llegó a la par que el cura y el alcalde para más contraste, pues en medio de aquel luto que traían las autoridades él iba vestido con un traje de algodón del color de la nieve, como si fuera un hermano mayor jaguarí. Del mismo tono que su conjunto, sus zapatos, su sombrero vueltiao de hilo de fibra de caña y un bastón de madera de macana con puño tallado y contera plateada. Eso sí, llevaba un brazalete negro en su brazo izquierdo.

Al coronel lo acompañaba su conductor, un tipo fuerte que conservaba de su época activa de militar pero que ahora pagaba de su bolsillo, y aparentemente mejor, por el aspecto renovado que también traía; y también venía con él una mujer más joven, bastante atractiva y poco vista en Arellano, que parecía su asistente o una suerte de sobrina, aunque aquella tenía todas las luces de estar más veces recompensada por el conductor que por el mismo coronel, quien al fin y al cabo ya tenía sus años. En cualquier caso, su sola presencia, como de costumbre, le hizo protagonista en el velatorio, tanto o más que la propia difunta.

El coronel era querido y odiado en Arellano. La gente le seguía la corriente porque con su dinero medio pueblo había sacado adelante algún negocio, como doña

Dilia, que acabó haciendo los jugos de coco más ricos de todo el departamento —lástima para ella que no lo hubiera abierto en la capital; se hubiera hecho rica—, o algún cafetal. Así, eran pocos los que ponían en duda sus palabras; excepto los afectados de las fumigaciones, que aún le recordaban jactándose por haber dirigido los planes que los gringos subvencionaron en la sierra con la idea de erradicar miles de hectáreas de cultivos ilícitos. Los dueños de esos terrenos se quejaban de haber perdido sus ingresos y de que nunca cobraron compensación por ello. Nunca se lo perdonaron porque decían que «la marimba y la amapola daban por entonces trabajo en la sierra». De ahí vino cuando el coronel Evaristo Arias, por reconciliarse y quitarse la mala prensa, decidió ayudar a los colonos afectados y, para compensar sus pérdidas, se convirtió en prestamista de muchos de ellos con la condición de que plantasen café. En general aceptaron, aunque también hubo a quien el coronel le negó la ayuda «por temor a que se la gastaran en otros vicios, y por comunistas», decía. Pero la mayoría le tenía respeto, porque en Arellano muchos habían llegado huyendo de la revolución y el coronel era considerado como el mejor contacto que el pueblo tenía con el Ejército. Aunque ya estaba jubilado, si algún día llegase la guerrilla y se produjeran enfrentamientos con narcotraficantes y paramilitares, allí tendrían a don Evaristo a mano para traer al Ejército con un levantar de cejas.

Amigo del pueblo y de las autoridades, de Evaristo Arias hay que decir que en verdad era un embaucador. Tenía la virtud de arrollar con sus peroratas, aprovechando con naturalidad la autoridad militar que le concedían los galones y la paciencia de los vecinos. Te traía a un escenario en el que parecía estar sucediendo una cosa, ciertamente la que el escuchante quería oír, sin saber que en verdad jugaba con él, como un maestro del ajedrez, calculador en el tablero y en la vida; un tipo que nunca delataba su estrategia, que te hacía ver que todo era sencillo. Eso era porque solo él tenía en mente la jugada y, mientras los demás se quedaban mirando el plano corto, él llegaba a ver tres y hasta cuatro movimientos por adelantado, sabiendo interpretar en un instante lo que sería la derivada segunda de lo que tenía enfrente.

El mismo Julio Espinosa, de siempre transportista, tenía plantados treinta mil cafetos pagados con un préstamo suyo. Fue con ello como se inició en la caficultura. Por entonces pensaba que el café le daría la plata que necesitaba para poder llevar a Violeta a un buen hospital de los Estados Unidos. En total, a la muerte de Violeta llevaba cultivadas seis hectáreas en aquel paraje recóndito en mitad de la sierra, lejos del pueblo, donde casi nadie subía porque aquellos terrenos eran elevados, tal vez demasiado fríos para cultivar café, y caían en la misma raya del resguardo indígena, y por eso en el pueblo se decía que pudiera haberlos plantado dentro del territorio de los jaguaríes, porque en el valle de enfrente se veían pequeños hombres y mujeres de blanco caminar a diario ladera arriba y ladera abajo; y que de ser eso así podría traerle problemas, si no es que antes las propias autoridades le obligaban a devolverlas a los indígenas.

A muchos les extrañaba que el propio coronel no hubiera reparado en ese detalle cuando decidió financiar a Julio Espinosa, porque se decía que no había mosca que entrase en la sierra que no fuera identificada por el radar de Evaristo Arias: por tierra tenía sus contactos, y por aire, aun a su edad, él mismo seguía volando la sierra en su avioneta y paseaba a su joven acompañante, oteando desde las alturas. El que se quería consolar, acababa diciendo que, gracias a que volaba, tenía mejor opinión de dónde convenía plantar. Así fue que, en contra de todas las opiniones de los vecinos de Arellano, donde el que más y el que menos tenía media vida de caficultor, el coronel fue el único que dijo confiar en el éxito de aquella plantación al límite de Julio Espinosa.

6

Después del entierro de Violeta se sirvió tertulia y café en el hospedaje de Elvira Vélez para dar compañía y hacer el trago más corto a Julio Espinosa y a su muchacho, Fabián. Con esa labor acudieron también el cura y el coronel. Aquel día, el sol era de enero y brillaba fuerte desde mitad de la mañana, y en medio de aquel calor, entre sudores, suspiros y no-somos-nadie fueron tomando asiento los invitados, buscando el frescor interior de la casa de los anfitriones. Allí, mientras Emilio Rincón los acomodaba, Elvira preparó el café para todos.

—¿Cómo lo va a tomar, padre?

—Negro, Elvira. En pocillo —ordenó don Basilio.

—Negro y en pocillo —repitió Elvira—. Yo me he preguntado muchas veces por qué en esta sierra tomamos el café tan oscurito, sin adornos.

—Hay quien dice que según se toma el café se ve la personalidad de cada uno —irrumpió el coronel—. Y hasta hay quien lee los posos del café y te saca el futuro.

—Será entonces que somos gente sencilla —concluyó Elvira—. ¿Usted qué cree, padre? ¿Se puede leer el futuro en los posos del café?

Don Basilio se quedó mirando el tinto de su taza.

—Habladurías —dijo tajante.

—¿No sería más fácil sacar el pasado? —apuntó Chanchito.

—Hombre, eso es menos útil, y para eso no hace falta clarividencia. El pasado solo precisa de buena memoria.

—Chanchito lo dice por eso, padre. Si yo le contara... —apuntó Emilio.

—¿Cómo le gusta a usted más, padre?

—Negro, Elvira. Negro y bien cargado. Si tuvieras medio palito de vainilla...

—Qué exquisito es usted, padre —dijo el veterinario.

—Son matices que le sacan lo mejor al sabor del café, Chanchito. Al final, yo lo tomo principalmente para prolongar mis horas de vigilia, mis pensamientos, y también mis rezos —continuó con su propio razonamiento de la personalidad.

—Cómo es usted, padre. Siempre dedicado a los demás —apuntó Elvira—. Pero también le digo que ha de cuidarse, que el exceso de café no es bueno.

—No digo que lo sea para unas cosas, pero bienvenido si alarga el tiempo que uno puede dedicar al alma y a los demás.

Don Basilio y el coronel se miraron con complicidad; eran viejos conocidos, amigos se decían. Ambos estaban ya muy avanzados en sus sesenta años, y los dos compartían la misma afición por la estrategia, el ajedrez y el café, aunque lo hacían de manera distinta: desde hacía años el coronel invertía su dinero en los caficultores y, a la vista de su aspecto, esa labor de prestamista le iba suficientemente bien; el cura, a su vez, había convertido el patio de la casa parroquial en un laboratorio para la exploración de los sabores del café.

Cada uno, con su estrategia –por los otros y por ellos mismos– se aferraba al cultivo nacional. De entre las dos formas de afición por el café, la más grave, aparentemente, parecía la devoción que profesaba don Basilio que, en su pasión por esta infusión, pasaba madrugadas enteras con los párpados izados, como las velas recogidas de un antiguo bajel. A solas se anegaba en sus pensamientos temerosos sobre el futuro de la sierra, y así se acababa encerrando en su espíritu de alquimista, tostando kilos de café a diferentes intensidades, con fumaradas de diferentes leñas, macerando sus muestras durante semanas con todo tipo de especias ocultas en cajas de maderas olorosas que él mismo seleccionaba rebuscándolas por los aserraderos y depósitos de todo el departamento, y que fabricaba tomando en cuenta el grosor mínimo y máximo que tenía que dar a las propias tablas y si las tenía que cepillar o dejarlas en bruto. Así, probaba hasta que daba con algo que le parecía exquisito. Era su terapia y su tiempo de reflexión, despreocupado en mitad del patio de la casa parroquial. Allí se convertía en jornalero: retiraba el mucílago de las cerezas, las lavaba, las secaba, las trillaba... En el proceso tomaba nota de todo: medía las temperaturas cuidadosamente, se aseguraba de tostarlo a diferentes tiempos y temperaturas –aunque nunca lo hacía a más de doscientos diez grados–, hacía varios ensayos, tomaba sus muestras, lo guardaba en grano y lo molía solo unos minutos antes de prepararlo para sacarle así todo el aroma, justamente en el momento de la infusión; de ese modo le daba su famoso toque particular. Experimentaba añadiendo especias. Utilizaba agua de canela, vainilla, clavo y otros aromas vegetales que buscaba en la sierra, frecuentemente con ayuda de los jaguaríes. Preparaba el café con el agua especiada y también disuelto en aguapanela, y siempre procuraba que el agua estuviera a punto de hervir pero sin estarlo. De esta manera conseguía un café aromatizado que solo él consumía y que ofrecía con mesura a pocos invitados, probando sus gustos, como si lo que hacía fuera clandestino. Le relajaba pasar el rato cafeteando, reinventando el café.

En situaciones normales, una vez al mes, el coronel venía a visitarlo para echar su partida de ajedrez y entonces tomaban juntos lo que llamaban su café de recuerdos. Otras veces era don Basilio quien bajaba hasta la quinta del coronel en busca del horizonte y el azul turquesa del mar Caribe. A este otro le llamaban café de cumbé. El nombre se lo dieron la primera vez que lo tomaron juntos mirando el mar; aquella vez el cura explicó que la cumbia la trajeron al Caribe los esclavos de Guinea, que ya bailaban esos ritmos que llamaban así: cumbé. Luego el coronel tomó por costumbre hacer sonar sus elepés de cumbias de toda América Latina, entre ellas aquella canción titulada «Ojitos mentirosos».

—Me recuerda tantas cosas.

—¿Por la letra?

—Por el título, más bien, padre.

Desde la casa del coronel, al norte de la sierra, se alcanzaba a divisar la mismísima quinta de San Pedro Alejandrino. Era costumbre que, en su protocolo, antes de la partida de ajedrez, los dos la contemplaran entre admirados y reflexivos, como los futbolistas que escuchan el himno nacional antes del juego, y entonces el coronel siempre decía la misma frase: «Allí empezó todo, padre». Lo decía con su tono más reconcentrado y grandilocuente, tomándose un tiempo para escudriñarla una vez más con sus viejos anteojos militares antes de cedérselos a su rival e invitado, el párroco de Arellano. Este entonces solía iniciar la misma conversación:

–Y doscientos años después, aún seguimos con la vaina, coronel. ¿A quién le vamos a echar la culpa ya?

–No le quito la razón, padre. Realmente ya no hay excusas.

–¿Usted también tiene ascendencia vasca, como Bolívar?

–Española pero gallega: Pazos Pereira, de diez años antes de la Independencia. ¿Usted?

–Qué sé yo de dónde... Rodríguez López. Sé que tengo una tía abuela que aún vive cerca del Santander de España.

El coronel y el cura hablaban de política para enemistarse, de café para respetarse y nunca de ajedrez; a esto jugaban ferozmente sin tener que explicarse el uno al otro el porqué del baile de alfiles, caballos y torres. En su extremada rivalidad se daba la circunstancia de que nunca ninguno conseguía ganarle más de dos partidas seguidas al otro. Tal vez por eso los dos sabían que juntos, aunque muy distintos, respetándose, aprendían de sus diferencias y así llegarían más lejos también individualmente, cooperando en sus estrategias comunes, mientras eso fuera posible. Así, en privado, y también en público, escuchándose, y también entendiéndose en silencio con solo mirarse, sin hablarse se decían y se imaginaban lo que el futuro traería a la sierra; ellos en medio de todos, moviendo sus fichas, dirigiendo la jugada. Los dos conociendo el destino, las inquietudes y los movimientos del otro pero sin querer desvelarlos por miedo a que algo se descubriera antes de tiempo.

7

on Basilio conocía todo sobre las variedades cafetales del país, la historia del café, la forma de cultivarlo, cómo procesarlo y hasta ciento doce maneras distintas de prepararlo con regusto. En su cocina tenía diferentes modelos de cafeteras: de filtro, francesas, italianas, puros potes e incluso una cafetera otomana que, según contaba, había comprado en Turquía por correspondencia a un comerciante galipolitano del gran bazar de Fatih. En esta preparaba un café al estilo turco más tradicional, siguiendo el proceso original que le había explicado el vendedor en una carta manuscrita a base de dibujos jeroglíficos. De allí don Basilio concluía que primero se molía el grano hasta dejarlo como el polvo de talco y luego se mezclaba con agua, hirviéndolo hasta disolverlo, y que de ahí se hacía bullir dos o tres veces hasta sacarle todo el sabor antes de beberlo. Cuando lo preparaba así, turco, se solía quedar especialmente embelesado con los posos que quedaban en su pocillo, como intentando leer lo que ahí se decía, pero generalmente sin llegar a ninguna conclusión. Sin embargo, durante aquella plática tuvo un sentimiento distinto, con el que sí le pareció leer algo en el café que Elvira Vélez le sirvió, algo así como que aquella mujer estaba locamente enamorada de Julio Espinosa, y entonces aquello le pareció extraño en medio del duelo de los presentes por la muerte de Violeta Mejías; lo que vio entonces como un vidente del pasado, si es que eso existe, fue otra vez la cara de terror y el comentario de Emilio Vélez cuando vino a pedirle que tocara a difunto por el alma de Violeta Mejías, para interpretar nuevamente su frase:

–Tenía los ojos abiertos –le dijo, pávido.

Aquella sensación de estar viendo a través de los posos del café le pareció casualidad, pero bastó para traerle un desasosiego inesperado que le rumió desde entonces sin descanso, mezclando sus fórmulas con sus pensamientos, haciendo que su cabeza diera las mismas vueltas que él le daba a aquella despulpadora manual de comienzos de siglo que había restaurado con sus propias manos para hacer que su café tuviera más sentido en su pequeño mundo de alquimista.

–Y si el café habla de la personalidad, ¡qué me dice usted de los que le dan varias filtradas hasta apurarle el sabor! –apuntó Emilio Rincón en aquella tertulia.

–Digo que la plata no le sobra a nadie, pero no den más de una filtradita, que aquí el café no nos escasea, ni el agua tampoco, así que no me sean cicateros –expresó el cura–. Usen agua pura sin tratar. Hiervan, pero nada de cloro, que estropea el sabor del café. Saboréenlo puro, con un poco de azúcar o, si gustan, con una astilla de canela, una vainilla o con un clavito de olor; pero recuerden, solo una filtradita, por el amor de Dios.

–Parece usted un libro, padre –añadió Emilio.

–Háganle caso, porque este sacerdote amigo mío prepara el mejor café de todo el país. Les digo yo que sabe de lo que se habla.

–No es para tanto, coronel –dijo don Basilio.

–¿Cómo qué no? –continuó el coronel–. Yo no sé, y lo digo con perdón, cómo carajo lo tuesta ni qué proporciones de especias y hierbas del demonio le pone, pero lo prepara usted de manera increíble, mi querido cura. Ni los espressos de las cafeterías modernas. Habría que moler todo el café de la sierra así, como hace usted, y luego mandarlo en sobrecitos a Europa, o donde mejor lo paguen.

–A Japón, entonces –apuntó don Basilio mientras se disponía a dar el primer sorbo a su taza.

–Pues allá –dijo el coronel.

–Para preparar el mejor café hace falta tener el mejor grano, don Evaristo, y esta agua pura. Esas dos cosas solo se juntan en esta sierra. Pero sin hierbas, el café suave, así puro, es delicioso también; tampoco se trata de estropearlo.

–Pues eso le digo. Todo hace, padre. Cuando se canse de dar la misa, piense en montar un negocio de cafés exquisitos para exportar con sus aromas de fórmulas secretas, y véndalo puro también, para que a nadie se le olvide luego cómo sabía el café puro. Lo que sea, pero hay que vender sus fórmulas para el progreso de esta sierra, yo le financio.

–No soy bueno en los negocios, usted lo sabe.

–Ni con las almas tampoco, padre, y ahí sigue. ¿No lo creen ustedes? –dijo el coronel carcajeando en un tono impertinente.

Todos, excepto Julio Espinosa, rieron siguiéndole la corriente al coronel.

–Y usted, don Evaristo, ¿cómo lo toma entonces? –preguntó Elvira, según le mostraba su taza.

–Póngame un pocillo también. A mí me gusta más bien puro –contestó el coronel–. Corto, fuerte y sin azúcar. Para mí, el sabor amargo tiene su gracia.

–Ya me parecía a mí –apuntó el cura.

–En fin –concluyó el coronel, para acabar dirigiéndose a Julio Espinosa–. Antes de marcharme, yo quería decirte, querido Julio, que sé que son momentos difíciles. Lo son para todos. Violeta era un ángel, pero tú ya no puedes mirar hacia atrás; tienes que salir adelante. Por todo, ¿comprendes? Fíjate en mí –dijo señalando con un gesto a la muchacha que le acompañaba y que no abrió la boca más que para dar las gracias y preguntar por el baño–. Mi mujer falleció siendo yo tan joven como tú y nunca me vine abajo, ni pienso que nada me haga ya decaer por ello; el Ejército y esta patria me han hecho mirar siempre hacia adelante.

Julio Espinosa comprendió que con aquel sermón el coronel se refería a la deuda por las plantaciones de cafetos.

–No tenga pena, patrón. Mi palabra es firme. Le devolveré hasta el último peso.

–No lo dudo, Julio. No lo dudo. Y yo he querido acompañarte hoy para que sepas que confío en ti, no te olvides.

–Se lo agradezco, don Evaristo –respondió Julio Espinosa.

–Y tú, jovencito –dijo, refiriéndose a Fabián, según se disponía a abandonar la reunión–. ¿Sigues queriendo ser aviador?

–Sí, señor –respondió el muchacho–. Como usted. Eso es lo que más gustaría, por nuestra patria.

–Muy bien, muy bien. ¿Ya son catorce años los que tienes?

–Ya son, coronel.

–Para ser aviador, Fabián José tiene santo que le protege y patrón al que admira –añadió don Basilio.

–Ya, ya... Hablaremos cuando tengas los dieciséis –concluyó señalándolo con el bastón mientras se disponía a salir por la puerta–. Y entonces, padre, ¿qué me dice? Esta sierra que da el mejor arábica del mundo, ¿no podría también dar un buen robusta?

–La única variedad que crece bien en las alturas es la arábica. La robusta se da mejor en sitios más bajos. Mejor se la dejamos a los brasileños.

–¿No es gracioso que, llamándose robusta, acabe aguantando el frío peor que la arábica? Y la arábica la hacía yo acostumbrada al calor del desierto...

–Ahora que lo dice, tiene su gracia... –reflexionó el cura.

–Claro, el mundo al revés, y, como tiene más cafeína, así les pasa a los brasileños, que bailan excitados a ritmo de samba –bromeó el coronel moviendo su trasero con cierta soltura innata–. Ya me entiende, padre. Usted sabe de lo que hablamos. Llamémosle robusta. Tal vez me ayude, ¿no?

Ninguno de los allí presentes entendió la propuesta del coronel. Como de costumbre, nadie vio que parecía estar moviendo ficha.

–Ya me explicará exactamente en otro momento –respondió el cura con gesto ladino en el mismo instante en que Paola asomaba por la puerta trayendo de la mano un niño indio de su misma edad.

–Pero, ¿quién es este *pelao*? –gritó el coronel en tono bromista, echándose a un lado de la puerta como haciéndose el sorprendido.

–Mi amigo Marcelino –dijo la niña.

8

El verano del año 94 fue largo, más que nada muy caluroso, aunque bueno, aquí no hay verano como tal, sino que hace calor todo el año; es más bien que llueve poco y a eso le llaman verano. En cualquier caso, habían quedado ya muy atrás aquellos días húmedos de marzo que acabaron con el cuerpo de Violeta en la tierra arcillosa del sencillo camposanto de Arellano.

El día de San José de Cupertino, Fabián José Espinosa Mejías cumplía quince años; lo hacía, por primera vez, huérfano de madre. En aquel dieciocho de septiembre, las cerezas de los cafetos ya eran de color carmesí; lo eran un poco antes de lo normal.

La víspera de aquel día, Elvira Vélez no había pegado ojo, en vilo por los días que hacía que no veía a Julio Espinosa. Hasta que murió Violeta Mejías, y durante unos meses después, aquel hombre deseado, escurridizo e inalcanzable, solía pasar a primera hora de la mañana por el hospedaje para tomarse su café tinto, que hasta entonces más bien pareciera que se lo había prescrito el médico; pero desde que había comenzado la cosecha ya no lo había vuelto a hacer. Atacada por la ansiedad de si aquello era o no una despedida sin haberse despedido, asfixiada por el desvelo de tantas madrugadas, ahogada por el mismo estremecimiento cardiaco que meses atrás le hizo perder la cordura hasta acabar en la idea de rematar la vida de Violeta Mejías, se giró hacia su marido, rompiendo el silencio de la madrugada con un tono tenue pero contundente que vino a caer como un viento helado del polo al oído desprevenido de Emilio Rincón.

—He pensado que debemos ofrecernos para cuidar de Fabián —sugirió.

—Y eso, ¿por qué? —respondió sobresaltado Emilio Rincón sin moverse un ápice de su postura, simulando que dormía, como si algo en su interior supiera que esa pregunta estaba ya programada.

—Porque el pobre Julio no llega a pagar la deuda que tiene con don Evaristo y se está llevando al muchacho a trabajar al cafetal para ahorrar gastos —aclaró—. Fabián no va a la escuela desde que murió Violeta. Si sigue así, acabará siendo cualquier cosa.

Emilio Rincón se giró entonces bruscamente en aquel colchón de lana, dando él ahora la espalda a su esposa y arrancando con ello un quejido de las entrañas de las achacosas tablas que aún aguantaban con entereza la monotonía del jergón de aquel descafeinado matrimonio. Suspiró al pensar en las consecuencias de aquella tragedia que venía arrastrando a los Espinosa, y de alguna manera a ellos.

—Es una pena lo que llega a cambiar una familia cuando falta la madre, ¿no crees? —continuó Elvira.

—Por eso yo quise una esposa más joven —concluyó él en alto.

—No digas tonterías. Violeta tenía mi edad.

–No es ninguna tontería; lo lógico es que muera antes el más viejo.

–Mira qué razonamiento –respondió enojada–. Se muere uno antes cuando se le vuelve viejo el espíritu.

–Me sientes viejo... –preguntó Emilio afirmando.

–A decir verdad, cuando me pediste matrimonio yo no era consciente de estar casándome con un hombre tan anciano.

Emilio Rincón sabía que mantener esa actitud era lo peor que podía hacer para mantener vivo aquel matrimonio que, por otro lado, estaba químicamente castrado desde antes de nacer Paola.

–Pues así veo yo que se me pasa la vida, querida. Ya me ves, con dos dientes de oro. Al final uno hace cuentas y piensa que mientras no nos falte de comer y haya paz en el hogar... No es poca cosa tener techo, compañía y hasta descendencia que te pueda cuidar el día de mañana –concluyó.

Elvira se enervó una vez más con el razonamiento de su marido, pero en el fondo ya le daba igual su actitud; no esperaba cambios ni nada, no estaba enamorada de él desde hacía años. Le molestaba más el hecho de que Emilio hubiera desviado la conversación de su verdadero objetivo.

–Me pones nerviosa –protestó con contundencia, pero bajando el tono de voz para no despertar a Paola–. Escucha lo que te digo. Somos los padrinos de Fabián. Siempre nos hemos llevado bien, son buena gente y podemos ayudarles. Además, tú pasas mucho tiempo fuera de casa y Paola y yo nos quedamos siempre solas. Será como un hermano mayor para ella y un hombrecito en la casa.

—Tendrá que querer Julio... —reaccionó Emilio—. Él también se quedaría solo. Querrá estar con su hijo, digo yo.

—Tú deja que yo le pregunte —concluyó Elvira con voz esperanzada al tiempo que el gallo, como un almuédano, rompía el silencio de la madrugada para interrumpir la plática.

En ese esquema tan retorcido, Emilio Rincón, bajo de estima por gracia natural, por el agüero de Libertadora y por la frustración de no haber podido ofrecer más lujos y pasión a su joven y bella esposa, no vio nada malo. Aquel hombre se conformaba con justificarse, razonando que tal vez había dedicado demasiado tiempo a su propia finquita y a los transportes de café de la cooperativa de Arellano, que le llevaban a pasar muchas noches fuera de casa. Así, sin entender el fondo del asunto que Elvira se traía entre manos, como todos en el pueblo había asumido como natural la sobrevenida muerte de Violeta, dando siempre por desinteresada la caridad de su mujer hacia los Espinosa, padre e hijo, aceptando también que este era ahijado de ambos, y aunque él sabía de ojos abiertos y de una dosis de pentobarbital desaparecida, aún le valía más ignorarlo todo y no hilar cabos con tal de mantener a Elvira a su lado.

Con la indulgencia de su marido, y aún con el son de la respiración del gallo en su desvelo, Elvira procuró recuperar el sueño.

A las pocas horas se levantó eufórica. No había amanecido, pero le dio igual. Puso en el equipo de música una casete de vallenatos para acompañarse el ánimo, se arregló como si fuera día de fiesta, se dibujó los labios con un lápiz del color del café maduro y se convenció de que haría bien en celebrar el cumpleaños de Fabián. Con las mismas se metió en la cocina y preparó una deliciosa torta negra —tenía muy buena mano en los fogones y en especial para la repostería—. Mientras aquel pastel se hacía en el horno, salió en busca de los Espinosa. Los encontró ya montados en el Jeep, a punto de salir camino del cafetal, pero le dio para invitarles a tomar la torta y después, para sentirse bien con Dios, también se acercó a la casa del cura para invitar a don Basilio a la merienda.

A eso de las cinco de la tarde acudieron todos a la llamada de Elvira. Allí se juntaron los Espinosa, Elvira y su marido, don Basilio y la pequeña Paola, que trajo otra vez a su amigo Marcelino porque, a sus diez años, ya decía que eran enamorados, lo que hacía sonreír a los adultos, mientras que Fabián, ya desde la adolescencia, miraba aquella escena de los novios chicos disimulando su interés con gesto indiferente.

Durante aquella merienda Julio Espinosa se lamentó por el apuro que le ahogaba en aquellos días: el préstamo del coronel. Se sentía asfixiado, quebrado hasta el cuello. Veía imposible devolver la elevada deuda que había contraído con él para plantar café en aquellas tierras tan adentro de la sierra, tan lejos del pueblo, donde nadie quería plantar, desmontadas sin límites al bosque y cultivadas con aquella onírica idea de juntar la plata suficiente para pagar un buen hospital para Violeta, en Houston o en Miami.

—Y este año la broca está más fuerte, padre.

—Son los cambios del clima, Julio —explicó don Basilio—. Favorece el desarrollo de las larvas. Hemos tenido tanto sol que les ha resultado más fácil multiplicarse. El clima está cambiando, los indígenas lo dicen todo el tiempo. Hasta Marcelino lo sabe.

—Los indígenas saben de naturaleza más que nadie, ¿verdad, padre? —añadió Emilio Rincón.

—Verdad.

El pequeño Marcelino miró extrañado a los adultos con la boca a dos carrillos repletos de torta, escuchando pero sin comprender de lo que hablaban.

—El Gobierno debería haber declarado ya la emergencia sanitaria, carajo —se lamentó Julio Espinosa—. Esta broca está atacando ya en todo el país y nos arruinará a todos.

—¿Quién se fía del Gobierno para sacar adelante un negocio? —reflexionó don Basilio—. Un buen caficultor ha de comprometerse él mismo con la buena caficultura. Adaptarse a la naturaleza. Cuando se renueva el cafetal se han de dejar surcos trampa, ¿sí?

—¿Cómo surcos trampa...? —preguntó Julio Espinosa.

—Líneas de cafetos sin cosechar para que allí se concentre la broca y ahí la eliminas de una —explicó dando un golpe en la mesa—. Así reduces su daño para los años siguientes. Como eso lo hace poca gente, la plaga se dispara.

—Nadie hace eso, padre.

—Pues eso digo. Hay que empezar a practicar la caficultura con cabeza. Eso ahorrará en químicos y en disgustos. La sombra, lo mismo. Dejar árboles o plantarlos ahora.

—¿Y por qué no te dejas de lamentos y pides plata, Julio? —propuso Emilio.

–¿Quién va a prestarme para devolverle la deuda al coronel?

–Habla con él, con don Evaristo mismo –continuó don Basilio– y dile cómo hacer para pagarle lo que le debes pero en más tiempo; seguro que lo comprende. Yo le puedo decir que confíe en tu palabra.

Julio Espinosa se quedó pensativo, no había otra solución.

–Ya, padre. Eso me ayudaría mucho. Al menos a no perder las fincas. Y este tiene que ser piloto de aviación –dijo fingiendo normalidad según miraba a Fabián–. Seguro que en tres años puedo devolvérselo todo.

–Y nosotros cuidaremos de Fabián, Julio. No tienes que llevarlo tantos días al cafetal, es mejor que siga en la escuela –completó Elvira con una euforia visiblemente contenida.

Julio Espinosa miró a Emilio con un gesto apacible y desahogado, como pidiendo ratificación a la propuesta que acababa de hacer Elvira. Y, sí, arrancó de su vecino un gesto condescendiente.

–No sé qué decir –dijo entonces abriendo las manos.

–Ya está hablado, Julio –concluyó Emilio–. Mientras la escuela esté abierta, tu muchacho tiene que ir y acabar sus cursos. Nuestras familias vinieron aquí en busca de paz y también para prosperar, no para hundirnos más, y nosotros somos sus padrinos.

La benevolente explicación de su marido hizo brotar en Elvira un afecto infinito por su comprensión. De alguna manera pensó que allí se reconocía oficialmente que ella ya no era mujer de un solo hombre.

9

Marcelino tuvo el acierto de aparecer en la vida de Paola casi al tiempo que Fabián, aunque la forma de hacerlo fue muy distinta. Mientras que a Fabián se lo metieron en casa, a Marcelino lo trajo ella voluntariamente.

Le llamaban medio indio porque salió un poquito más alto y más claro que otros indígenas jaguaríes. Llevaba el pelo largo y suelto, como sus familiares y antepasados de las montañas, y cuando Paola le preguntaba por qué nunca se cortaba el pelo, él respondía que era porque así les quedaba claro a los civilizados que por sus venas corría sangre amerindia, y que eso le hacía sentirse importante.

Paola y Marcelino crecieron juntos jugando a todas las cosas a las que los chiquillos jugaban en Arellano: rayuela, trompo, a escondidas y, poco a poco, también a quererse. Habían desarrollado un enamoramiento natural e insólito, un indio y una civilizada, un cariño que acabó puliendo sus almas para siempre. Desde muy pequeños existió una conexión deliciosa entre ellos que con el tiempo se tradujo en eso que mueve realmente a los seres humanos, sin excusas por la raza, las clases o la plata. Ella, enamorada de su ternura, de su quietud, de sus ojos azabaches, de su pelo aún más negro, de su piel morena, de su inocencia, de su destreza natural, de sus mágicas historias de las montañas... Él, de sus ojos verdes, de su pelo color castaño, de su piel menos oscura, de su dulzura, de sus maneras de muchacha civilizada... Aprendieron casi todo a la vez, y lo que uno sabía y el otro no se lo acababan contando sin miedos ni prejuicios, y así tuvieron desde muy pronto sus propios secretos, como los de las parejas que se hacen amantes emocionales: confidentes que se prometen fidelidad para tenerse el uno al otro y así compartir un sitio exclusivo y accesible donde guardar copia de sus preciosos secretos, para evitar que se pierdan del todo cuando la vida los quiera borrar definitivamente de su propia memoria.

Marcelino vivía con sus padres y dos hermanos pequeños en Cerrito Blanco, un pequeño poblado situado fuera del resguardo indígena. Desde muy pequeño aprendió a bajar desde allí hasta Arellano, al principio con sus papás. Visitaban a don Basilio, quien les compraba huevos y papas, y de cuando en cuando alguna gallina vieja con la que acababa cocinando cualquier guiso. De hecho, don Basilio había visto crecer a los papás de Marcelino y fue él quien consiguió convencerlos para que la criatura fuera a la escuela. A Marcelino le gustó tanto lo que allí aprendía que con apenas ocho años era el más adelantado de la clase. Desde esa edad ya bajaba solo por los caminos todos los días. Lo hacía habilidosamente en poco más de hora y media, resbalando entre barro y piedras sobre las suelas de sus botas negras de goma que el mismo cura le proveía. En su trayecto a la escuela, a primera hora de la mañana, aparecía siempre puntual por el hospedaje para recoger a Paola e ir juntos a la escuela. Por aquel entonces Elvira Vélez aún les preparaba con gusto el refrigerio de media mañana; lo hacía para ambos, aceptando a Marcelino como un niño al que proteger, por ser muy querido por don Basilio y por ser amigo de su pequeña. Así, ella quedaba más tranquila en el hospedaje y con más tiempo para sus quehaceres y *quepensares.* Lo veía con la suerte de que su hija anduviera acompañada y ocupada con otros muchachos. Por aquellos años Elvira ya les recordaba que se cuidasen de los desconocidos porque se decía que las cosas estaban muy feas por todo el país y se rumoreaba que los guerrilleros podían llegar al pueblo en cualquier momento. Fabián, unos años mayor, los acompañaba también algunas veces, pero solía aburrirse yendo con ellos y enseguida acababan apareciendo él por un lado y la parejita por otro.

El verano en el que entraban en el sexto curso tomaron por costumbre bajar juntos al río a buscar piedras redondas. Los torrentes de la sierra hay que verlos. Son poderosos ingenios naturales que pulen con una bravura desmedida todos los acarreos de sus cauces; con calma, pero sin pausa, consiguen que las rocas se muevan a trompicones unas contra otras, a veces avanzando conjuntamente milímetro a milímetro, otras veces girando y saltando metros, fragmentándose algunas y moldeándose siempre a porrazos hasta convertirse en esferas de andesita casi perfectas. Así es como, viajando geológicamente en medio de la descomunal fuerza del río, esas rocas bayaderas de las alturas acaban en el valle tan perfectamente pulidas: *pelotoides* las llamaban ellos.

A los muchachos les gustaba jugar a encontrar las más redondas, y las encontraban de todos los tamaños, como pelotas de varios deportes, geométricamente casi exactas, claramente esculpidas por una mano sobrenatural con la idea de impresionar al observador. Y, en la observación de aquel aspecto esférico tan perfecto, Marcelino llegaba a concluir que desde aquellos ríos era desde donde surgían todos los astros: «Porque la sierra es el corazón del mundo».

—Dicen los mayores que en algún momento desconocido todas las estrellas que vemos eran pedruscos de estos que salieron hacia el cosmos desde el corazón del universo, que está donde hay una ceiba, que fue el primer árbol creado.

—¿Y eso puede volver a suceder otra vez? —preguntó Paola asombrada.

—Claro.

—Si así fuera habría cada vez más estrellas y habría un momento en que ya no cabrían en el cielo.

Marcelino la miró confundido por aquel razonamiento.

—Eso no lo sé... Habría más cielos entonces... —se preguntó en alto, superado por la magnitud de la idea.

—Como tú, que eres un cielo —improvisó entonces Paola, haciendo que Marcelino se pusiera rojo, a pesar de que apenas se le notaba bajo su piel morena.

Paola, enternecida por verle avergonzarse, le agarró entonces de la mano y le regaló un beso, también de improviso, en los labios.

–¿Te ha gustado?

–Sí.

–Entonces, ¿quieres que seamos enamorados?

–Sí.

–Chévere. Nos casaremos y tendremos muchos hijos.

–Seis hijos, treinta y seis nietos y más de cien biznietos –apostilló Marcelino exagerando el gesto con alegría.

–¡Listo! Y si te buscas otra enamorada, mejor que no la quieras mucho porque la mataré para recuperarte.

–¿Cómo podrías hacer eso? –preguntó asustado por la sola idea de que aquello pudiera ser verdad.

–Con un veneno secreto que yo conozco, y sin que nadie se dé cuenta; ni tú te enterarías –respondió Paola y entonces, para quitarle el susto, lo abrazó contra el corazón, igual que hacía con su peluche de Libertadora cuando era más pequeña, y le volvió a besar sonoramente en la mejilla y él se puso otra vez rojo como la grana y nervioso.

–¿Lo harías?

–Esas cosas se dicen, pero es para demostrarte mi amor nomás, indiecito mío, no para irme a la cárcel.

–Ah. Me asustaste...

–Aunque, bueno. Tú cuídate, por si acaso...

Entonces rieron nerviosos.

Continuando con su ceremonia de compromiso, cogieron seis piedras redondas como canicas del tamaño de las nueces, y con un lápiz de cera verde que Marcelino llevaba en su bolso les pusieron nombres: Patricia, Valentina, Daniela, Felipe, Andrés y Juan Diego.

—Tú cuida de las niñas y yo de los peladitos —dijo Paola.

Las tres primeras se las guardó ella en los bolsillos de su pantalón y las otras tres Marcelino en su bolsa indígena.

10

En esos años, Marcelino traía cada dos días una encomienda de huevos frescos para el hospedaje y otra para don Basilio, y de paso alguna fruta de regalo de las que se encontraba en el camino: guayabas, limones o bananos. Sin embargo, el día en que Paola cumplió los diez años, Marcelino los sorprendió a todos. Esa vez no trajo fruta; quiso traer un regalo especial para ella. Así, se le ocurrió presentarse con su bolso repleto de granos de café que vertió encima de una mesa del hospedaje, como el que muestra un tesoro o algo así. Los papás de Paola se quedaron estupefactos. Emilio Rincón lo miró y, con un gesto distante, le preguntó:

–¿De dónde has sacado este café, muchacho?

–Estaba en el suelo, señor. Hay una finquita bajando desde mi casa...

–Ya sé que hay una finquita, Marcelino. Pero no estaba en el suelo sin más. Estaba secándose al sol –explicó Emilio Rincón.

Marcelino frunció el ceño como comprendiendo en ese momento

–¿Secándose?

–Secándose, sí –reafirmó Emilio Rincón–. Así que, a la que vayas hacia arriba, mejor subes el bolso igual de lleno que lo has bajado y lo extiendes.

Marcelino no supo qué decir.

—¿Me has entendido?

—Sí, señor. Que se lo deje según estaba.

—Eso es.

—Se lo subo, pues.

—Me lo subes. Y la próxima que hayas de robar, que al menos sea cuando el café esté bien seco y a poder ser mejor de la finca de otro, no de la mía. Estos son por lo menos tres kilos.

No es que Emilio Rincón se lo dijera con mal tono; realmente no estaba enfadado por ello, solo quería mostrarle que lo que había hecho no era correcto, pero a Marcelino aquella respuesta le impactó, le dejó bajo de ánimo, no por el café, sino por el hecho de quedarse sin regalo para Paola. Se sintió tonto. Para él eran tres kilos de amor en forma de cientos de perlas, no era café; de otra manera no hubiera agarrado aquel grano, que ni siquiera sabía que estaba robando.

Sin más, el pobre Marcelino recogió nuevamente los granos y se marchó con ellos a la escuela. Estuvo disgustado todo el día, cargando con la bolsa para no perder ni un solo grano de aquel café.

Al salir, lo llevó de vuelta a la finquita. Allí, efectivamente, le esperaba el papá de Paola.

—Los indígenas pensáis que todo es vuestro... —le dijo.

—En la sierra, lo que da la naturaleza es para usarlo. Eso pensamos.

—Pero mi finca está fuera del resguardo indígena. ¿Conoces los límites? ¿Sabes qué es la propiedad privada? —Marcelino asintió, pero realmente no sabía a qué se refería–. Esos cafetos los he plantado yo. No son tuyos, son míos.

–¿Suyos nomás?

–Claro, yo soy el propietario.

–Ya, señor. ¿Y solo?

–Mío y de mi mujer, y también de Paola.

–Quiero decir que si usted es dueño nada más que de esa chacra.

–¿Te parece poca cosa? ¿Qué tierras tienes tú?

–Los jaguaríes somos dueños de toda la sierra. Propietario no es ser dueño, ¿verdad?

Aquella disquisición le hizo pensar a Emilio Rincón. Por un momento pensó en la libertad de los indios jaguaríes, libres de la esclavitud de la propiedad individual de la tierra, de protegerla de sus propios vecinos, y entonces continuó con su propio discurso, dándole un enfoque más trascendental:

–Este café está verde aún. ¿Ves? A este aún le queda mucílago –explicó Emilio Rincón poniendo cara fea–. Así no vale para tomar. Ha de secarse más tiempo, y luego, cuando ya esté seco, habrá que trillarlo, y todavía después hay que seleccionarlo bien para que lo paguen a buen precio. ¿Tú sabes lo que cuesta hacer todo eso?

–No lo hice nunca, señor.

–Para eso hay que tener buen ojo y buenas manos, porque el grano del café es como las personas: no se sabe si es bueno hasta que se le retira el envoltorio.

–¿Cómo va a ser eso, señor?

Emilio Rincón cogió tres de aquellos granos y a la vista de Marcelino separó con sus dedos la película vegetal que aún húmeda recubría el verdadero fruto interior. Le mostró los tres granos limpios; dos de ellos eran perfectos, pero uno estaba oscurecido y ajado.

–¿Comprendes ahora lo que te digo? Esta cascarilla es lo que llamamos pergamino. Con ella puesta es difícil saber si la semilla es buena o no. Las personas también llevan su pergamino puesto, ¿comprendes? Eso has de aprender, porque con él puesto vamos como disfrazados; uno puede no ser lo que parece.

–La ropa... –respondió con tono de respuesta de acertijo.

–No te hablo de la ropa, te hablo del alma –continuó Emilio en un tono aún más revelador–. ¿Quién te dice a primera vista que, como el café, algunas personas no tienen su alma manchada o agujereada, y hasta podrida...?

–Creo que sé lo que quiere decirme, señor. Lo que sucede es que no lo entendí al principio porque los jaguaríes no tenemos pergamino.

Emilio Rincón alucinó con la respuesta de aquel niño indígena. Ni propiedad privada, ni pergamino, ni abusar de la naturaleza. Le pareció un ser excepcional que venía de un mundo en extinción.

–¿Cómo se le quita el pergamino a una persona? –preguntó Marcelino.

–¿Que cómo se le quita...? –repitió Emilio, antes de venir a su respuesta–. Con el tiempo, que nos pone a todos en nuestro sitio. Casi siempre...

11

La devoción de don Basilio por los indígenas era tal que una semana al mes dejaba Arellano sin misa para ir a visitarlos. Era su particular misión evangelizadora. En la práctica no es que los jaguaríes le hicieran mucho caso, pero lo escuchaban y pasaban el rato con él, aunque más bien lo hacían porque la cultura jaguarí respeta mucho a las personas mayores, porque en ellas está la sabiduría; y también porque a los indígenas que sabían algo de español les gustaba pararse a hablar con los civilizados y probar su destreza con el idioma extranjero. Y también, en tantos años de relación con los padres de Marcelino y más tarde con el propio muchacho, don Basilio aprendió muchas palabras del idioma de los jaguaríes que utilizaba inteligentemente en sus visitas al corazón del mundo. Así, medio hablando en su idioma, ellos le acabaron tomando por una persona cercana.

Esa complicidad con los indígenas le permitió también a don Basilio comprobar que el narcotráfico había llegado a esa parte de la sierra. Las pistas se las dio Sinduldi, un indígena de treinta años que hablaba algo el español y al que desde que murió su esposa, más de tres meses atrás, se le encontraba deambulando por el poblado, borracho, chupando de una botella de plástico rellena del guarapo que elaboraban en grupo los hombres del poblado.

—Aaah, yo los vi —confesó a don Basilio con la particular entonación del idioma jaguarí, que es como a cámara lenta y alargando las vocales—. Cambian sacos a blancos.

—¿Sacos de qué?

—*Ayu.*

—¿Los cambian por cosas de valor?

—Aaah. Botas de goma, y cosas...

—¿Qué cosas, Sinduldi?

—Y cuerdas, y sacos, y palas, y así de cultivar.

—¿Qué de cultivar? ¿Azadones?

—Aaah. Azadón. Pala.

—¿Y qué más? ¿Machetes?

—Aaah. Machete.

—¿Y ya?

—De cocina...

—¿Qué de cocina?

—Platos y cacerola... Traen.

—¿Eso también?

—Aaah —afirmó.

—¿Tú has visto a esos blancos? ¿Sabes quiénes son?

—Yo he visto blancos.

—¿Pero sabes quiénes son?

—Aaah. Blancos.

—Pero, ¿tú sabes quiénes? ¿Cómo son?

—Blancos..., así... Con así... —dijo señalando la cabeza de don Basilio.

—¿Con sombrero? ¿Como este?

–Aaah. Sí. Sombrero. Y oro, así también –dijo con gesto de admiración señalando dos dientes de entre los pocos que le quedaban en su desordenada dentadura ya completamente teñida del color que deja con la edad la mascadura de la hoja de *ayu*.

–¿Dientes de oro? ¿Cuántos? ¿Uno? ¿Dos?

–Aaah, uno, dos –respondió haciendo el número dos con los dedos en uve.

–¿Cuántos pues, Sinduldi?

–Aaah, uno y dos –volvió a decir señalando primero un diente y luego el otro.

–¿Dos en total?

–Aaah. Dos.

Aquel fue el mismo año en que Marcelino acabó la secundaria. Ni su familia ni don Basilio hacían plata suficiente para que continuara estudiando, así que de manera natural decidió dejar la escuela para empezar a trabajar con los civilizados, en esto último atraído por las ideas de don Basilio: «los indígenas debéis conocer este bendito cultivo para que podáis prosperar». Él pensaba que los jaguaríes podrían entrar en el comercio del café y que los demás niños seguirían el ejemplo de Marcelino: acabar yendo a la escuela de Arellano y aprender más allá de sus costumbres. En esto Marcelino era el embajador que habría de pasar a los indígenas todo su conocimiento sobre las pócimas que el propio cura había desarrollado, y también hacer una parte de café descafeinado, que cada vez era más solicitado en el extranjero. Para todo eso cavilaba en cómo traer alguna plata de cooperantes extranjeros. Ya tenía incluso pensada la marca: «Café Jaguarí». Sería atractivo para el mercado de exportación, Holanda tal vez. Así Marcelino comenzó a recolectar café para Julio Espinosa, que bien parecía que el cura tuviera más interés que nadie en que fuera con él. Don Basilio lo justificaba simplemente con el argumento de que los Espinosa necesitaban mano de obra, y Marcelino se dejaba llevar porque confiaba en el cura, pero eso del café no le terminaba de quedar del todo claro. Al fin y al cabo, él pensaba como un jaguarí.

—¿Cómo va a ser que arrancar el monte sea nuestro futuro, padre? Más aún si es para plantar una infusión que nosotros mismos no tomamos —decía.

—Ya se acabó el tiempo de estar aislados, Marcelino. Los indígenas tenéis que beneficiaros del desarrollo o acabaréis siendo un circo, o peor, desapareciendo. Cuando tú seas mayor, la vida será ya muy distinta. Por eso tienes que aprender cosas nuevas.

—No es malo aprender, pero plantar café en la sierra lo tienen que aprobar los *mamos*.

—Ya. Vamos por pasos. Los Espinosa te van a dar trabajo, de ahí tú te ganas tu plata y aprendes. Con esa plata puedes comprar cosas para la casa de tus papás, y también llevarle algo al *mamo* Jerónimo. Luego les enseñas en el poblado cómo cultivar el café. Empezamos con algo chiquito.

En aprender no veía nada malo, pero Marcelino era consciente de que no pasaría de ahí sin el consentimiento de los líderes espirituales de los jaguaríes.

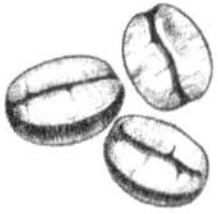

Aquel año la cosecha comenzó también a finales de octubre y duró hasta bien entrado el mes de abril. El clima había hecho que en algunas fincas ya hubiera comenzado nuevamente la floración cuando aún se cosechaba la anterior zafra. Se había adelantado otra vez porque el verano había vuelto a ser muy largo.

Marcelino vivió aquellos meses de recolección en la cabaña que los Espinosa tenían al pie del cafetal. Se levantaba temprano para a las siete de la mañana estar ya recogiendo café con otros dos recolectores venidos desde otras provincias. Se colgaba su canasto y cosechaba su línea de cafetos como si lo hubiera hecho toda la vida. Por aquellos meses bajaba a Arellano solamente una vez a la semana, siempre para juntarse con Paola y con don Basilio. Se solían reunir los tres en la sacristía, y allí Marcelino no hacía otra cosa que explicarles lo que había hecho esos días.

—Se escoge solamente la cereza roja —contaba—. Los granos sanos nomás, los que tienen broca hay que apartarlos para que el grano escogido resulte bien elegante.

En un día bueno Marcelino decía que llegaba a sacar veinte cajuelas él solo, con las que acababa llenando casi cinco sacos, más que el mejor recolector de toda la sierra. Al final de la jornada le encantaba calcular a ojo el peso de su zafra y luego comprobar si había acertado lo que la báscula daba, y finalmente ayudaba a transportarlo todo en las mulas hasta el beneficio. Cada mula cargaba dos costales de setenta kilos cada uno que él mismo amarraba con sogas de rafia, como los jaguaríes saben hacer desde bien chicos.

Trabajando un año entero, Marcelino aprendió a deschuponar cafetos como un experto. Seleccionaba las zocas más fuertes y se cuidaba de dejarlas bien parejas, pensando siempre en dejar las calles limpias para que en los años siguientes la recolección fuera más cómoda y la planta cogiera buena luz; así la floración sería buena y el fruto podría madurar correctamente. Aprendió igualmente a identificar los mejores cafetos, a fertilizar con urea a los tres meses de deschuponar, a aplicar el fungicida para evitar el mal de machete, a replantar los colinos –las nuevas plantitas– que fueran necesarios para cubrir las mermas, a utilizar los pesticidas contra la roya y la broca; en definitiva, a todas esas cosas de la caficultura. Don Basilio disfrutaba oyéndole y le completaba con ideas.

–Los cafetales producen el máximo hacia el quinto año y luego comienzan a perder productividad; por eso hay que renovarlos. Y no solo se saca café; durante los años iniciales también se puede sembrar frijol, maíz y hasta papa entre las líneas recién renovadas.

Marcelino estuvo todo ese año aprendiendo e ilusionándose con las ideas que el cura le había metido en la cabeza, con la idea de contar después en Mamaluma cómo se cultivaba el café. Él siempre hacía lo que las personas mayores le pedían, y en especial confiaba en don Basilio y en el *mamo* Jerónimo. Don Basilio en cambio había hecho un movimiento para mover dos fichas: había convencido a Marcelino, y ahora esperaba que él convenciera al *mamo*, y también quería ver a través de sus ojos lo que pasaba en la sierra.

—¿Has visto a los Espinosa tratar con otros jaguaríes?

—Yo soy el único que trabaja con ellos.

—No me refiero a eso. ¿Tú sabes si los Espinosa suben materiales para regalar a alguien de la sierra?

—¿Como sogas y botas de agua...? —preguntó.

—Sí, por ejemplo.

—Pero no regalan. Los cambian por sacos de hojas de coca. Para infusión.

—¿Sacos enteros? —preguntó don Basilio extrañado.

—Ah, sí. Muchos y grandes.

—Ya. Para infusión...

12

Era bueno, noble y lindo, con el pelo largo, brillante y negro azabache como sus ojos. Exótico. Pero era indio, de sangre jaguarí, y por esto último, cuando pasaron los años Elvira Vélez quiso que Paola se olvidara de él.

–No es de clase para ti, mi hija. Es indígena. Aunque algunos le digan que es medio civilizado, eso no quiere decir nada. Ahora es lindo, pero luego se vuelven feos y mascando coca se quedan sin dientes.

–Marcelino no masca coca –contestó Paola.

–¿Y qué me dices de los hijos que tendrás? –continuó la madre, acribillando sus sentimientos–, chaparritos y oscuros.

–Qué feo lo dices, mamá. Somos enamorados.

–¿Enamorados...? A saber lo que entiende un indio por amor. ¿Es que no te gusta Fabián, que se ha criado en casa? Él si es un muchacho de provecho y apuesto, y acabará siendo aviador del Ejército, o de aerolínea, como le ha prometido el coronel; ahí sí que va a ganarte plata –razonó Elvira con aquel odioso tono embaucador que llevaba a Paola de los nervios.

–Ya te dije que Marcelino y yo somos enamorados.

–Enamoramiento de locos. Eso es lo que tú tienes. Una tiene que pensar lo que le conviene para el futuro, mi hija.

—Eso es conveniencia, no amor —respondió Paola irritada.

—Aún eres muy joven, Paolita. Verás que sí hay que razonar.

—¿Acaso tú razonaste con papá? ¿O lo haces ahora para amarrar a Julio?

Elvira miró a Paola sintiendo que el corazón se le salía por la boca, como aquel día que la llamó por primera vez por su nombre de pila.

Mientras Paola se marchaba de la cocina llorando, Elvira apenas alcanzó a decir tenuemente: «A qué viene eso, mi hija».

Paola se encerró en su habitación y tumbada en la cama se puso a llorar. A su mente le vinieron los vagos recuerdos que tenía desde niña de aquel día en que Libertadora murió. La escena le pareció ahora más reveladora. Volvió a ver a su madre siendo acariciada por Julio Espinosa en aquella extraña escena frente a la cama de Violeta Mejías. Vio con claridad a una mujer verdaderamente enloquecida por un amor no del todo tan correspondido. Vio los ojos abiertos de Libertadora y se imaginó a Violeta con el mismo gesto. Dedujo entonces que a ciencia cierta su madre envenenó a aquella mujer. Horrorizada, pensó en el comportamiento de su madre, no solo el de aquella noche, y la vio como un perrillo, sumisa y agradecida a cambio de recibir muy poco de aquel hombre que la había vuelto loca, porque realmente la mayor parte del tiempo era ignorada. Le pareció aterrador tener una madre así, loca, tocada por una especie de síncope de amor que no tenía sentido porque era solo en un sentido, no correspondido. Entonces, tapándose la boca contra la almohada, gritó:

—El amor solo se explica desde el corazón, no desde la cabeza. ¿No ves que a ti también te pasa? ¡Loca!

13

A pocos metros del hospedaje, en la puerta del almacén de café un grupo de hombres descargaban los últimos sacos de la temporada. Era poco más de medio día. Fabián Espinosa estaba con ellos, fiscalizando y ayudando a contabilizar la carga. Aquel día era el último de otra cosecha insignificante en proporción al tamaño de aquella finca.

Marcelino había aprovechado para bajar a Arellano con ellos, acomodado entre los sacos de café que transportaba aquel camión a medio cargar. Estaba expectante; era el momento de recibir el salario por la cosecha recolectada. Fabián Espinosa hizo los honores, pero le pagó solo la mitad de lo que su padre le había dicho a don Basilio que le pagaría por kilo recolectado, y Marcelino sabía lo que le había dicho el cura y también sabía hacer sus números. Cuando le preguntó a Fabián el porqué del recorte, la respuesta que obtuvo fue que aún era muy joven para manejar tanta plata; ni tan siquiera se refirió a que la cosecha no había sido buena, y le dio todo el dinero en billetes pequeños para que abultase más y así quedase convencido. Marcelino no reaccionó; se quedó pensativo con aquel argumento y con el tono concluyente de Fabián. Sorprendido por tanto billete, entre resignado y satisfecho meditó lo que acababa de escuchar hasta autoconvencerse con la explicación: al fin y al cabo era la primera vez que conseguía una paga y realmente no se hacía una idea de lo mucho o poco que era toda aquella plata. Así, sin darle mayor transcendencia, puso su mente en el tema que le importaba: buscar a Paola para ir a visitar a don Basilio y estar un rato juntos.

Aquel día se encontró a Elvira Vélez preparando las mesas a unos comensales.

–¿Está Paola? –preguntó.

Elvira giró la cabeza hacia él y Marcelino notó en su gesto una miraba de cierto desánimo, y por primera vez de desprecio contenido.

–No, no está –respondió tajante.

–¿Dónde anda pues, señora?

–Simplemente no está.

–¿Pasó algo? –insistió él.

–Nada pasó. No está, te dije.

El muchacho detuvo sus preguntas y se marchó de allí contrariado. Recayendo en el olor a leña que venía de la casa del cura, supo que don Basilio sí que estaba y pensó que tal vez allí la encontraría. Tampoco fue el caso. Así que se entretuvo lo mínimo con él y se marchó a Cerrito Blanco. Ni siquiera le comentó la conversación con Fabián, ni si la plata que había ganado era mucho o era poco.

Al caer la noche, aún inquieto decidió bajar nuevamente a casa de Paola con la excusa de venderle a Elvira Vélez unos huevos frescos para el restaurante del hospedaje; en verdad era para fisgonear si su amiga ya había regresado o qué pasaba. Cuando llegó, Elvira Vélez estaba recogiendo la última mesa antes de cerrar, visiblemente más cansada. Le puso la misma cara que horas antes.

–¿Y ahora? ¿Qué quieres a estas horas? –le preguntó airada nada más intuirlo por la puerta.

–Mi papá me mandó venir para venderle unos huevos.

–Aún tengo. No te pedí.

–¿No los quiere entonces? –preguntó para salir del paso antes de volver a indagar sobre el paradero de su amiga.

Elvira no contestó de inmediato y entonces Marcelino aprovechó para seguir preguntando:

–¿Ha vuelto ya Paola?

–Trae esos huevos, anda. Y márchate. Paola está descansando ya.

–¿Estuvo fuera todo el día?

–No preguntes tanto.

–Ya, señora. ¿Me hace el favorcito de darle el recado de que vine a verla?

Elvira no contestó y a Marcelino no le quedó otra que volverse a Cerrito Blanco angustiado y cabizbajo por no haber podido ver a su amiga.

Como el que no pierde la esperanza, cuando le daba ya la espalda al hospedaje giró la vista atrás. Vio entonces la luz encendida de la habitación de Paola. Esperanzado se dispuso a llamarla por el cristal. Fue al acercarse a la ventana cuando a través de las cortinas de hilo intuyó la silueta de un hombre delgado y alto. Marcelino fijó sus ojos en él y entonces descubrió que Fabián Espinosa se inclinaba desnudo sobre la cama. Asombrado, y sin querer creerlo, se acercó a mirar y entonces vio que aquel ladrón de dineros y amores separaba las piernas de Paola y se colocaba entre ellas. Marcelino se puso entonces a temblar con el corazón en la garganta. Por unos segundos retiró la mirada, como para hacer borrón y cuenta nueva de lo que estaba viendo. El corazón empezó a latirle aún más fuerte. Al volver a mirar pudo comprobar que aquella mala ilusión era real y entonces vio como Fabián Espinosa se meneaba entre las piernas de su enamorada. Por sus propias extremidades corrió un torrente de sangre fría que como el agua helada congeló también su corazón, haciéndole perder la fuerza mínima que le quedaba, y que aún necesitaba, para mantenerse en pie. Por un momento, incapaz de asimilar lo que estaba sucediendo, no pudo más que acurrucarse bajo la ventana buscando refugio; no ver para no sufrir. Intentó tomar aire y aguantar el llanto y todo fue a peor. Recostado contra la pared, conteniendo su furia, intuyó entonces unos gemidos entremezclados que bien parecían forcejeos y lamentos. Se le aceleró el pulso más todavía y entonces el desasosiego se agarró con fuerza a sus tripas. ¿Cómo podía ser que algo tan querido estuviera desapareciendo tan repentinamente de su corazón? Marcelino concluyó que aquel malcriado que había tenido por patrón durante la cosecha de café le estaba volviendo a robar en sus propias narices; antes un poco de plata, ahora su tesoro más preciado, sus sueños e ilusiones, lo único que era realmente suyo.

Salió de allí corriendo, tal vez cobarde, sin saber defender su reino, hasta que al doblar la esquina se encontró de frente con el odio verdadero, que vino a verle por primera vez en su vida. Metió entonces la mano en su bolso indígena y agarró con rabia la decepción para sacársela de cuajo desde bien adentro, para acabar lanzando sobre la casa de Paola las tres piedras redondas que guardaba desde aquella tarde en la que se juraron amor eterno en el río. Con las tres hizo pleno en la ventana de la sala de estar de aquella casa en la que se cuajaban tantas emociones insoportables. A través de los cristales rotos entraron Patricia, Valentina y Daniela.

14

Marcelino corrió bajo la luna llena hasta Cerrito Blanco. Lo hizo sin detenerse un solo momento. Necesitaba llorar, pero no quería hacerlo. Quería hablar, pero no tenía con quién. Al llegar a su casa comprobó que sus padres dormían plácidamente. Su mente seguía ocupada con aquella pesadilla. Le vino entonces un sentimiento de odio hacia los blancos: le habían traicionado. Recordó a Paola llamándole «indiecito» y entonces se reconoció distinto, y, para sacarse ese dolor de adentro, decidió continuar hacia el interior de la sierra para encontrarse con sus raíces indígenas. Se aferró a la llamada que el *mamo* Jerónimo le hacía cada vez que bajaba hasta Cerrito Blanco, un par de veces al año, para hablar con su papá: «Cuando necesites ayuda sube a verme».

En Mamaluma, como en todos los pueblos indígenas de la sierra, tal vez de todo el mundo, aún no se había inventado la electricidad, ni la fontanería, ni las cocinas de gas. No había luz, ni canciones grabadas, ni programas de radio, ni ningún otro aparato que pudiera estar conectado con las cosas que sucedían en la periferia del mundo, pero a cambio todas las noches tenían encendidas sin miramientos todas las estrellas del cielo y el aire olía rico a humo de leña, y en los hogares se escuchaban las leyendas y consejos de los mayores a la media luz de las hipnóticas llamas de unos fanalillos de barro cebados naturalmente con cera de abeja.

Cuando Marcelino llegó al poblado todo estaba muy tranquilo; era una noche tibia de luna llena. A esas horas aún se oía cantar a un grupo de chiquillas, sus voces traídas por el viento, a medio tapar por el arrullo del río. Estando todo a oscuras parecía que aún olía más intensamente a humo de fuego de leña y a otros aromas frescos arrastrados por la brisa que caía suavemente desde las montañas.

Cuando Marcelino llegó encontró a aquel hombre sentado a la puerta de su bohío, o más bien debería decir a aquella alma blanca de piel morena y rostro ajado, de pies descalzos, manos curtidas y pelo negro largo cubierto siempre con un gorro de algodón, también blanco, acabado en punta en honor a los picos de las montañas para así, lejos de darle calor, como la nieve hace con la tierra, mantener su mente fría, cabal de pensamientos. El *mamo* Jerónimo lo esperaba.

Como en todas las cabañas del resguardo indígena, redondas y enteramente construidas de adobe y cañas, cerradas con un perfecto techo cónico de paja, en la claridad de aquella noche se veía humear una hoguera modesta que alumbraba tenuemente su interior. Allí no sonaban cumbias de ojos mentirosos, sino la música auténtica y encendida del río acompasada por el cri-cri sincero y rimbombante de los grillos más encelados.

—Anoche te vi en mis sueños, Marcelino.

—Vengo por consejo, *mamo*.

El *mamo* puso su mano sobre el tronco en el que él mismo estaba sentado invitando a Marcelino a bajarse a su altura.

—Antes tienes que confesarme lo que has hecho fuera del pueblo.

Marcelino le contó que don Basilio y Paola eran sus mejores amigos. Que el cura les enseñaba lo que era el cultivo del café y que Paola era su enamorada hasta aquella misma noche. También le contó que había estado recolectando café durante los últimos meses, que había ganado plata y que casi todo lo que don Basilio le había enseñado lo había visto hacer en la plantación de los Espinosa, pero que estos no eran de fiar.

—Don Basilio dice que el café es el futuro de la sierra. ¿Eso puede ser?

—Trajeron el café y con ello hicieron marchar el canto de los pájaros.

—Ya le dije yo a don Basilio ¿cómo va a ser el futuro si hay que tumbar el bosque?

El *mamo* asintió.

—Allá —dijo señalando al otro valle— echaron químicos con avionetas para eliminar los cultivos de amapola y marimba que plantaron los colonos. Nos decían que no era malo fumigar y acabaron contaminando los ríos; mataron muchos peces y muchas otras plantas de alrededor. Les dijimos que si esos químicos mataban los cultivos también serían malos para otras plantas que nosotros usamos. Nos dijeron que no nos preocupásemos, pero algunos hermanos cayeron enfermos al tomarlas. ¿Hacen lo mismo con el café? ¿Usan químicos?

Marcelino reflexionó preocupado.

–Sí, *mamo*. Usan los químicos para atacar las enfermedades de la planta.

–Entonces, si el cultivo del café quita el bosque y contamina suelos y ríos, no es bueno para la naturaleza. ¿Por qué habríamos de cultivarlo si nosotros no tomamos café?

–Eso mismo dije yo.

Marcelino no se atrevió a argumentar la oportunidad de ganar dinero vendiendo café, y menos ahora que se sentía engañado por Fabián. Al mismo tiempo, el *mamo* dio por zanjada esa parte de la conversación, dejando a Marcelino contrariado por lo que aquello suponía en contra del ideario de don Basilio y por su comprometida posición en medio de aquellos dos hombres tan especiales para él.

–Háblame ahora de esa muchacha –continuó.

–De eso quería hablarle, tío. Paola era mi enamorada desde hace años, pero hoy se ha entregado a un muchacho de Arellano.

–Ella no es jaguarí...

–No, *mamo*.

–Escúchame bien –dijo según se disponía a mascar hoja de coca–. Tu abuela sacó a tu padre de Mamaluma porque él solo llevaba mitad de sangre jaguarí.

–¿Solo mitad? ¿Cómo puede ser eso, *mamo*? –se sorprendió Marcelino.

El *mamo* comenzó a mascar coca y a menear el calabazo.

–Escúchame bien –repitió–. Has de comprender más allá de lo que ven tus ojos, relacionar lo que ves con tus pensamientos y con lo que no ves.

El *mamo* hizo un silencio intencionado que Marcelino aprovechó para discurrir.

—¿La mamá de mi papá fue forzada por un blanco? —reaccionó.

—Qué si no.

—Ya.

—Luego quiso deshacerse de una criatura que no sentía suya. ¿Te imaginas ahora? Si tu papá hubiera muerto al nacer, tú no estarías hoy aquí.

—Claro. ¿Y qué hizo cambiar de idea a mi abuela?

—Cuando un recién nacido es llamado a ser líder espiritual ha de pasar la prueba: sobrevivir varios días en el interior de la cueva aislado. La cueva es fría y oscura. Está alto, en los cerros.

—¿Eso hicieron contigo también?

—Así hicieron conmigo, y también con tu papá. Él pasó el día y la noche, y cuando volvieron a por él, la comitiva le encontró muerto.

—¿Cómo puede ser eso? ¿Qué hago yo aquí entonces?

—Todos los presentes aseguraron que así se lo entregaron a tu abuela y que entonces ella muerto lo abrazó, lo apretó en su regazo y lo lloró. Pero el calor de una madre es la mayor energía para un hijo y eso le hizo sentir vivo, y le hizo volver en sí.

Marcelino escuchaba perplejo la explicación del *mamo*.

—Tu abuela bajó entonces con él en sus brazos desde lo alto de los cerros aquellos. Allí está la cueva y también el lago sagrado, donde se funde el hielo de los glaciares. Allí leemos lo que nos dice la madre Tierra. Todos le veían muerto, menos ella, que lo sentía vivo pero no quería que los demás lo supieran porque temía que descubrieran que era el hijo de un civilizado.

—Pero si había sobrevivido debía haber sido líder espiritual, como tú.

—Pero ella entendió que la naturaleza ya no quiso que lo fuera porque no era indígena, porque su sangre era mitad blanca. La naturaleza se acaba cobrando los errores.

—¿Pensó que al quedarse encinta de aquel civilizado entonces su hijo tendría que serlo también?

—Así pensó. Aquella madre ya no quería la vida indígena para él. Pidió quedárselo una sola noche antes de entregarlo a la tierra. Los *mamos* aceptaron; así leyeron que debía ser.

—¿Y qué pasó?

—Aquella noche se vio bajar corriendo un jaguar con un bebé entre sus fauces que corría veloz, endiabladamente loco. Esa fue la forma en que la naturaleza compensó la muerte de tu papá, llevándose al bebé muerto hacia el interior de la selva, hacia el valle.

Marcelino comprendió que no había niño muerto, que aquel bebé vivo era su padre, que aquel jaguar era su abuela corriendo por aquellos caminos de bestias, saltando de piedra en piedra, cruzando los ríos descalza, desesperada, con el niño en brazos. Aquella mujer llegó a Arellano al alba. Allí dejó a su bebé en la puerta de la iglesia y se regresó. Don Basilio estaba entonces recién llegado al pueblo. Él mismo lo recogió y ese mismo día se lo entregó a un matrimonio mayor del pueblo que lo crió hasta cierta edad, hasta que aquel hombre, mitad jaguarí mitad civilizado, encontró el amor con una mujer cien por cien jaguarí de Cerrito Blanco.

Allí mismo hicieron su vida, siguiendo las tradiciones jaguaríes, oficialmente, según el Gobierno, fuera del resguardo, poco a poco adquiriendo vicios, rutinas y licencias de los civilizados de Arellano. Y finalmente allí nació Marcelino.

–Y ahora tú llevas tres cuartos de nuestra sangre: eres más nuestro que tu propio padre porque tu mamá es jaguarí también. Por eso eres bienvenido al corazón del mundo. Y, si prestas atención, aprenderás a ver más allá de lo que miras y a escuchar más allá de lo que oyes.

–Ya, *mamo*.

El *mamo* desveló a Marcelino su propia historia de una manera en la que más bien le daba el consejo que Marcelino venía buscando.

–Ahora piensa en esto que te he contado y guárdalo contigo, pues es ahora tu tesoro. Para sentirte bien contigo mismo piensa lo que otros hicieron y las consecuencias que tuvieron.

–¿Mi abuelo supo la verdad?

–Como yo he descubierto que tú subías, él la debió descubrir en sus ensoñaciones, pero fue generoso y perdonó a tu abuela.

–Y si ella no quería a mi papá, ¿por qué decidió salvarlo?

–¿He dicho que no lo quisiera? La naturaleza quiso que tu papá fuera engendrado en su vientre y ella comprendió que como madre debía traerlo al mundo. Tu abuela escuchó a la naturaleza e hizo lo que ella le pidió.

–¿Y por qué mi papá nunca regresó a Mamaluma?

–Porque esta historia solo la conoces tú, y así debe seguir siendo. No le corresponde a él porque nunca vino a pedir consejo.

El *mamo* se levantó dando por concluida la velada. Entrando en su bohío dijo:

—Te espero pronto. Te necesito para hablar con unos extraños. Y te digo que de vuelta a Cerrito Blanco tengas cuidado. Se ve gente por la sierra.

Antes había sido el oro, luego la marihuana y la amapola, finalmente el café. Ahora no se sabía qué venían buscando ni quiénes eran aquella gente extraña.

La conversación con el *mamo* y esta advertencia hicieron que Marcelino marchase tranquilo pero alerta. La gente extraña que le dijo el *mamo* era la misma que decían abajo en el pueblo. Se comentaba desde hacía tiempo que los guerrilleros llegarían algún día a ese territorio y que ya se veían humaredas donde antes los indígenas nunca habían encendido fuegos. En el pueblo aún dudaban de si aquellas eran hogueras de los indígenas, que tal vez andaban buscando más espacio en las laderas más cubiertas y en nuevos valles para construir nuevas casas y potreros, pero en verdad aquellas no eran hogueras de los jaguaríes.

Al llegar a la curva de Uranio, al pie de la finca de los Espinosa, Marcelino se encontró con tres muchachos vestidos de puro blanco indígena que no mediaron palabra ni se detuvieron al verlo. Sobre los hombros cargaban sacos enormes, más aparatosos que pesados, calzaban botas nuevas de goma y cada uno de ellos, colgado de la cintura, llevaba un machete de filo recién estrenado.

15

Por el lunes de Pascua Paola ya llevaba desaparecida dos semanas. Elvira había preparado el preceptivo sancocho de carne, como mandaba la tradición cristiana.

Riquísimo, según los comensales.

Elvira y Emilio comieron en compañía de los Espinosa y además invitaron a don Basilio, quien al acabar la misa había hecho señales a Elvira de que iría a hablar con ellos; parecía que tenía algo importante que contarles.

–Los buenos guisos se preparan con poco de varios ingredientes y a fuego lento, dándoles tiempo a entenderse bien entre todos ellos, como la vida misma –dijo don Basilio.

En Arellano todos estaban informados de que Paola se había marchado del pueblo, pero nadie sabía nada de ella, con excepción del cura.

Aquel lunes de Pascua se volvieron a juntar en la mesa los mismos que lo hicieron aquel otro día en el que Julio Espinosa accedió a que los padrinos se ocuparan de Fabián. Desde entonces las cosas habían cambiado mucho.

En la mesa Fabián estaba meditabundo y Julio Espinosa tenía la nariz hinchada y una cicatriz reciente en el pómulo izquierdo por un golpe que, según explicó, se había dado con la puerta del camión y que aún le producía mareos al conducir.

–Por suerte, Fabián pudo hacer el último transporte –explicó aliviado–. Tal vez, tú, Emilio, puedas darnos una mano con el camión grande y sacarnos algunas cargas.

–Claro –se anticipó Elvira en nombre de su marido.

–Por supuesto, Julio. Ya me dices cuándo.

Por entonces Julio Espinosa ya no se quejaba de la deuda con el coronel porque el préstamo ya no le pesaba. Seguía con la finca cafetera y decían que las últimas cosechas habían sido buenas, aunque de esto don Basilio no estaba tan convencido. A él le parecía que la producción no se correspondía con la superficie plantada ni de lejos.

Cuando llegó don Basilio al hospedaje, la mesa ya estaba puesta. El asunto urgente del que hablar se llamaba Paola.

–He recibido otra carta y dice que está bien. No tenéis que preocuparos por ella.

Todos se sintieron aliviados.

–¡Dios mío, padre! Esta niña es una terca. Siempre ha sido muy inteligente, pero terca como una mula. Qué demonios le habrá llevado a semejante locura.

–¿No tienes tú idea, Elvira? –preguntó don Basilio con un cierto aire revelador, y entonces ambos se miraron diciéndose mentiras con los ojos bien abiertos.

–¿Cómo voy a saber, padre? ¿Qué más dice la carta?

–Nada dice de esta situación tan embarazosa. ¿Se te ocurre a ti, Fabián? Porque es muy embarazosa, ¿no lo crees? –continuó con el mismo tono.

–Yo lo que digo es que se ha debido marchar con Marcelino. A ese no se le ve el pelo desde que agarró la plata de la zafra. Habría que preguntarle a él.

–Ella dice muy claro en sus cartas que no la busquemos –recalcó don Basilio mostrando el papel–. Yo no creo que Marcelino esté con ella.

Elvira arrancó la carta de las manos del cura y, agarrándola con las dos manos, musitó su contenido.

–Casi no se le reconoce la letra –concluyó–; escribe como nerviosa.

Las letras estaban escritas con esfuerzo, y al pie del texto había una rúbrica sencilla y movida en la que se leía: Paola.

–No le des importancia a eso. Tal vez escribiera desde algún transporte –apuntó don Basilio.

–¿Un transporte? ¿Hacia dónde?

–Lo importante es que está bien, Elvira. Ya no es una niña –dijo Julio Espinosa en tono considerado–. Ya verás que volverá más pronto que tarde.

–Habría que buscar a Marcelino; ese indígena no baja por el pueblo desde que Paola desapareció –insistió Fabián.

–Olvídense del muchacho –protestó don Basilio, visiblemente molesto con Fabián–. Capaz que esté en Cerrito Blanco o en el resguardo indígena. Allí tiene su familia. ¿Qué vaina te ha picado a ti ahora con Marcelino? Lo que dice Paola es que ella se marchó donde pueda hacer una vida de provecho. Yo la ubico más bien en la capital.

–Puede que usted tenga razón, padre –dijo Emilio Rincón.

Con las palabras de Emilio Rincón acabó aquella conversación. Y, toda vez que todos comprendieron que don Basilio parecía haber traído noticias tranquilizadoras sobre Paola, se agarraron con avidez al sancocho de carne, celebrando que ya había acabado la Cuaresma, y después vino el café.

—Dicen que el café mejora la digestión. ¿Por qué, padre?

—Así es, Emilio. Es por la cafeína, que acelera los movimientos gástricos; eso hace que la trituración de los alimentos sea más rápida y mejor.

—Bendito cultivo. Da gusto escucharle, padre, todo lo que sabe del café —respondió Elvira, despreocupada de Paola.

—¿Y saben qué? La ingesta de café, como el vino, desarrolla el espíritu crítico y hasta la conspiración. ¿Sabéis por qué?

—¿Por qué, padre? —dijo Emilio.

—Porque el café libera algo en el cerebro que motiva los intercambios intelectuales más valiosos entre los que se juntan a tomarlo, como ahora nosotros.

—A mí no me genera tanto, padre —respondió Julio Espinosa desde la nada en un tono que mostraba desinterés.

—Está bueno que lo confieses, Julio Espinosa. ¿Y ante Dios, por qué no confiesas así?

—¿Qué tiene que ver Dios con el café?

—Con tu conciencia tiene que ver, Julio.

—Entre usted y yo, ¿qué sacamos con confesarnos? Ya está uno mayorcito para que yo le cuente a usted mis faltas.

—Para Dios no hay edades, carajo.

–Vaya lengua, padre –reaccionó Elvira.

–Todos los hijos de Dios son bienvenidos a su casa –continuó sin importarle la reacción de Elvira–. Confesarse es un acto de humildad ante Él.

–¿Darle a usted detalles es confesar ante Dios? –continuó Julio Espinosa con una sonrisa falsa.

–¿Qué, si no? –contestó don Basilio nervioso según se le aceleraba el meneo de la mano derecha por el Parkinson.

Elvira se levantó entonces de la mesa, sorprendida una vez más por el tono de voz del cura.

–Pues discúlpeme ante Dios, padre, usted que habla con él. Yo creo que él, que lo ve todo, ya debe de saber bastantes cosas mías, y lo mismo que él me arrancó a Violeta sin darme explicaciones, me sabrá comprender.

Elvira, celosa de aquella respuesta, miró de reojo a Julio Espinosa e inmediatamente chequeó el gesto de su marido, obligándose a contener un suspiro de angustia al comprobar que él también la estaba observando a ella con un gesto que parecía concluir que su mujer sin duda no era Dios.

–La vida es así, Julio; no está en nuestras manos. Pero no por ello nos debemos volver contra ella –intervino Emilio.

–¿Quién se vuelve contra la vida? –respondió Julio con un tono indolente–. Yo solo trato de asumir la realidad, ahora que todavía tengo lucidez para comprender.

–Desde que Violeta falleció, Julio Espinosa, veo que eres uno por fuera pero otro por dentro –prosiguió el cura–. Y no digo que no sea normal, porque el paso de la vida hace que las personas echemos coraza. Nadie quiere verse como ese grano feo arrugadito entre el buen café.

—¿A qué se refiere, padre? A mí los sermones no me van, ya le digo. ¿Usted me ve arrugadito y feo?

—No es un sermón; sabes a lo que me refiero. Te veo y no te conozco; hay un pergamino bien agarrado a un Julio Espinosa que ya no es el que era, tapando cosas que no quiere que se vean.

—Esa sotana que usted se pone los domingos también le parece pergamino a mucha gente. ¿Sabe que hay quien dice que usted conoce demasiado?

—Escúchate, Julio.

—¿Escucharme? No quiero hablar en alto. Cuanto menos sepa el aire, menos se lleva de un lado para otro.

—Tal vez el aire ya sepa, Julio Espinosa. ¿Tanta soberbia tienes…? ¿Será que duermes por las noches?

—Duermo, padre. Duermo. Más bien usted no debe dormir, nervioso con tanto café. Y debe tener cuidado, porque el que sabe de aquí y de allá, en estos tiempos que corren… En fin, ya sabe lo que le quiero decir; tan malo es no saber nada como saber demasiado.

—Bueno, no es necesario disgustarse, señores. No entiendo a qué viene tanta agrura —interrumpió Emilio.

Elvira y Fabián se miraron pálidos.

—Yo estoy con la verdad, Julio, y eso no lo mueve el aire —continuó don Basilio—. Pesa como el plomo. Tú llevaste a los turistas a la sierra sabiendo el riesgo que corrían. Cuéntanos qué planes tenías.

—Ya le digo yo que la fe y la lucha han de guardarse distancia, padre. Aquí ya todos sabemos de qué pie cojea cada uno. No me saque chismes de donde no los hay.

—Mi lucha es la gente, Julio Espinosa.

—La mía es defender lo que es mío: lo que queda de mi familia, mi finca, mi negocio, mi vida. Usted sabe que todo eso está en peligro con esa guerrilla que usted tanto admira. Ya perdí demasiada plata y años de salud invirtiendo en el cafetal, y no me sobra ni una cosa ni la otra. ¿Qué debo hacer? ¿Dejarlo todo ir? ¿Sabe cuánto sudor me ha costado sacar adelante la plantación? La he plantado con mis propias manos, he enviudado en el camino y ahora vienen cuatro revolucionarios a robar lo que me queda... ¿Para repartírselo? El mundo no puede funcionar así, padre; tanto jefecillo no hay quien lo mantenga. ¿No cree?

Don Basilio se recolocó en la silla.

—Tienes que entender que las desigualdades en esta patria nuestra son grandes, Julio. Hay mucha gente necesitada. Ellos no tienen culpa de que Violeta muriera.

—Deje descansar en paz a Violeta. Esa finca me costó mucho trabajo, padre. Abrí el monte, gasté el dinero en yeguas y azadones, no en rumbear como hacen otros. Abandonamos todo lo que teníamos en Gualanday por esa misma jodienda revolucionaria. ¿Es que solo vemos la justicia para algunos? ¿Quiere usted que ponga la patria por delante de mi propia vida?

—Creo que me hablas del pasado, Julio. Tus planes, tu trabajo honesto durante muchos años no te dan derecho a poner en riesgo la vida de esos dos turistas. ¿Estás seguro de que es solo el café lo que temes perder?

—¿Qué va a ser si no? ¿Le parece poca cosa?

—Pues sí. El futuro común de nuestra patria es más valioso que nuestro interés individual, Julio, por injusto que nos parezca. Entender eso es lo que hace grandes a los hombres. Desprenderse un poco más de las cosas de uno mismo. Tienes que reflexionar antes de que se te compliquen más las cosas.

—Al carajo, padre. Al carajo si tengo yo que desaparecer para que otros vivan de mi esfuerzo.

Julio Espinosa se bebió de un trago lo que quedaba en la taza de café y se levantó de la mesa. Según se marchaba, continuó molesto, intentando nuevamente explicar su reacción:

—Parece que la guerrilla ya está en la sierra, eso es lo que digo.

—Y si así fuera ¿tú lo quisiste comprobar entregándoles a unos turistas? Ya no tienes alma, Julio Espinosa.

—¿Usted se cree que con el alma yo voy a pagar la deuda que tengo? ¿Usted recuerda quién me metió en esto?

—Tú solo te metiste, Julio. Tú solo.

Emilio, Elvira y Fabián contemplaron la discusión boquiabiertos y nerviosos. Comprendiendo solo a medias de lo que hablaban, y sin hacerse una idea real de si en verdad aquellos dos hombres sabían de lo que discutían, si se reprochaban el uno al otro o si hablaban de algo indeterminado explorándose entre husmeos y gruñidos como dos perros recién encontrados.

Se hizo un silencio final antes de que todos rompieran filas y entonces don Basilio pensó por dos veces de dónde vendría esa nueva forma de cavilar de Julio Espinosa:

«Evaristo Díaz. Evaristo Díaz» se dijo.

16

esde aquella posición los guerrilleros distinguían perfectamente todo lo que entraba y salía de las montañas. Siempre hacían guardia dos personas, veinticuatro horas al día, y se turnaban exactamente cada seis, más no, porque el cansancio podía acabar adormilándolos. Lo tenían todo medido: desde que se avistaba a cualquier persona entrar por la curva de Uranio –no el planeta sino aquella vaguada contigua a la finca cafetera de los Espinosa– hasta que alcanzaban la vertical con su atalaya, sabían que tenían exactamente veintiocho minutos para bajar al encuentro. También sabían que en su descenso hasta el río podrían ser vistos desde tres puntos distintos del camino y que, en caso de tener que escapar, necesitaban treinta segundos para ocultarse nuevamente entre la vegetación; y también tenían bien calculado que para subir de urgencia desde aquel punto del río hasta la posición de oteo necesitaban cuarenta minutos, y que desde esa atalaya hasta el campamento se necesitaban treinta más, de tal manera que en caso de repliegue esa suma era el tiempo mínimo hasta recuperar la posición.

La primera mañana en la que Paola tuvo la responsabilidad de vigilar, avistó sobre la curva a los dos turistas que Fabián había subido la tarde anterior. Iban muy cargados con sus mochilas de montañista, de un tamaño como para andar por la sierra durante medio mes. «Debe de ser que a esa gente no les informan en sus países de que acá estamos en guerra», pensó.

Año tras año morían asesinadas miles de personas en todo el país, tantos otros eran desaparecidos, otros más secuestrados, muchos más aún robados; no se contaban las mujeres violadas, y aun así había turistas locos que andaban alegremente por allí, como queriendo vivir una aventura particular. Inconscientes.

Paola los identificó; allí descubrió que era muy hábil con la vista: era capaz de distinguir sin binoculares cualquier pequeño animal desde bien lejos. Esas cosas que Marcelino le enseñó de pequeña y que ahora tenía interiorizadas.

Como estaba establecido, Paola dio aviso a Manuel «Colibrí» Cardeño y este informó al Yolapeño, quien hacía las veces de comandante del grupo.

—Efectivamente. Dos pollitos piando por la vereda —comunicó por radio.

Aquellos pollitos eran gringos: rubios, de piel blanca y una altura muy por encima de la media nacional. Holandeses.

El campamento estaba escondido en mitad de una de aquellas laderas de pura ceja de selva, en un valle estrecho y remoto, en una garganta recóndita en la que no había ni tan siquiera presencia indígena, en una pequeña hondonada oculta tras un cerro sin rastro de paso humano alguno y, aun así, de sol a sol evitaban hacer fuego para no ser oteados, pues sabían que los paramilitares y el Ejército rondarían por la sierra en su busca más pronto que tarde.

La mejor prueba de que aquel era un sitio remoto era que allí mismo, casi al pie del campamento, se hallaban los restos de una avioneta desaparecida hacía ya casi una década y que hasta la fecha no había sido encontrada por el Ejército. En la cabina, que había quedado casi entera, estaban los cuerpos de los tres pasajeros en un estado tétrico, entre momificados y calcinados. Al parecer la avioneta debió de estrellarse durante un fuerte aguacero cuando el aparato apenas tenía ya combustible y por eso la explosión tuvo que ser contenida, porque los cuerpos se encontraban a pesar de todo en un estado sorprendentemente bueno; hasta llegaban a reconocerse algunas facciones en lo que permanecía de sus rostros acartonados.

Desde allí, justamente donde había quedado el fuselaje ligeramente desperdigado entre los árboles, despiezado y arrugado como una bola de papel de aluminio, también veían a los indígenas ir y venir del pueblo. Les veían subiendo y bajando las montañas en sus habituales movimientos hacia y desde sus bohíos, esparcidos como setas por las laderas, todos ellos acabados con dos puntas que simulaban las dos montañas gemelas de la sierra, sagradas para los jaguaríes.

Iban siempre ataviados con sus holgados vestidos de algodón blanco reluciente, las mujeres adornadas con collares de chaquiras de colores. Las menos veces iban solos, muchas veces en parejas o de a tres, y con frecuencia toda la familia al completo con todo su capital por delante; algún cacharro para cocinar, alguna herramienta y siempre sus animales: a lo mejor una mula, tal vez una vaca, que si media piara de chanchos, un perro compartido... Así es como los jaguaríes aprovechan todo lo que la naturaleza es capaz de darles en cada época del año, recorriendo los cerros desde sus bajíos hasta sus alturas y desde la época seca a la época lluviosa en busca de cultivos, frutos y pastos.

El Yolapeño se levantó como un resorte de su vieja silla plegable, de esas de tela de camuflaje. Desde ella escribía y leía las notas que él mismo tomaba en su libreta de muelle de alambre mientras se fumaba una pipa, o de vez en cuando un puro.

Inmediatamente decretó montar la caza de la pareja. En el ímpetu de querer dar su orden con contundencia tiró la silla al suelo de una patada y entonces él mismo se trastabilló enredándose con ella. Enojado y sin pensar, de un manotazo tiró la mesa, donde descansaban su fusil y su equipo de radiofrecuencia, con la mala suerte de que al caer al suelo a este se le rompió la carcasa. «Jueputa», espetó con un gesto de enfado. Su rostro quedó tan serio que no dejó margen a que nadie soltara ninguna chufla por aquel ridículo tropiezo. Manuel «Colibrí» Cardeño, que estaba de espaldas encendiéndose su pipa, se sobresaltó por el ruido del aparatoso golpe. Cuando giró la cabeza encontró al barbudo Yolapeño pensativo, con los brazos en jarra, mirando al suelo.

Aquella imagen le recordó al mismito «Che» y entonces él mismo, sabiéndose con regusto subcomandante, se vio también importante: fiel ayudante del comandante de aquel comando de valientes, sirviendo en la lucha eterna, siempre inacabada, entregado en cuerpo y alma en la batalla campal por esta sierra del demonio, al frente del comando Sierra Sur.

Enseguida se organizaron seis camaradas. Cada uno equipado con su morral y su fusil, y dos de ellos además con sendos equipos de radio. Bajaron hacia el río recordando que tenían exactamente veintiocho minutos de recorrido y la ventaja de que según descendían observarían de pleno el avance de los turistas. Sin embargo hubo un momento en el que desaparecieron inesperadamente del camino. Allí los guerrilleros se vieron obligados a descender más deprisa hasta la orilla del río. Ocultos detrás de unos nogales volvieron a observarlos. La pareja se había detenido junto a una gran cascada que caía esplendorosa desde el mismo cielo haciendo que todo lo demás enmudeciera mientras rellenaba un sinfín de pozas preciosas con sus aguas tibias y diáfanas del tono del champán, pozas que parecían estar esculpidas por el ímpetu de los dioses más todopoderosos que pudieran existir en su pretensión de hechizar a los humanos con la locura y la belleza de aquella espectacular vorágine tan sonadora y agreste.

En aquel lugar idílico, aquellos gringos perdidos no tardaron en quitarse las mochilas, desnudarse y echarse al agua como sus madres los parieron. Vistos desde la perspectiva de los guerrilleros parecían dos ángeles en el jardín del Edén: níveos, bellos e impúberes, libres en mitad de aquella maravillosa naturaleza. La estampa era tan linda que los seis revolucionarios se quedaron embelesados, como enamorados de la escena. A decir verdad, un tanto excitados por lo que parecía que iban a presenciar.

Al poco de comenzar su baño, los muchachos se vieron despreocupados, como si nadie les pudiera observar en aquel vergel escondido y enseguida se pusieron a juguetear en el agua anunciando amor. Al rato salieron a la orilla a una pequeña playa de arena blanca y allí mismo se echaron a fornicar. Los guerrilleros aguantaron la intensidad de la escena en su posición, medio jocosos, contemplando sin perder detalle hasta que los extranjeros acabaron aquel relajado acto matinal tan oportuno al estruendo de aquella torrentera de agua que no paraba de caer desde aquel espacio infinito conectado con el cielo, uno totalmente despejado.

Durante unos segundos Paola disimuló su irritación por los comentarios de sus compañeros, que si «juemadre, está para culeársela bien»; que si «bacano el paisaje que tiene esa hembrita, para darle rico por delante y por detrás»; que si «está para pinchar locamente y morir de gusto»; que si «¡qué verraco me ha puesto a mí también!».

—Ahí tienen belleza y amor. ¡Cabestros!

—¿Qué te pasa, Paolita? ¿Tú también quieres lo tuyo? Mira que ya tienes días en la guerrilla para saber lo que necesitamos los compañeros y buena edad para darlo... —dijo el baboso de Percy Alcalde con los morros hacia fuera según le acercaba la mano a la cara, como si quisiera acariciarla.

—Ni tocarme, desgraciado, o te juro que te reviento de un tiro en las pelotas —sentenció Paola apuntándole con el fusil sin margen a la broma.

—¡Basta ya, Percy! ¡Déjate de huevonadas y respeta a la compañera! —dijo Miguel Mojica.

—Era broma, hermano. Listo pues. Qué carácter.

Entre risas contenidas y respiraciones profundas, todos excitados por el espectáculo y la discusión esperaron a que los excursionistas se acabasen de fumar un cigarro −o algo que el muchacho había liado y que compartían entre ambos echando bocanadas−, que se vistieran y se volvieran a poner sus mochilas a la espalda. Solo entonces bajaron hasta encontrarse con ellos, apareciendo por sorpresa.

−Jóvenes. Sígannos −les ordenó Miguel Mojica.

−¿A dónde? ¿Quiénes son ustedes? −preguntó alarmado el muchacho con acento extranjero.

−¿Te parezco un guía turístico...?

−No, señor.

−Claro que no. ¡Pues tira! ¡Y a partir de ahora las preguntas las hago yo! ¡Carajo!

Inmediatamente los rodearon cerrándoles la salida por la espalda, indicándoles el camino a seguir con los cañones de las armas. Les taparon los ojos con unas capuchas negras y dejaron que sus mochilas, suficientemente pesadas, hicieran de lastre, obligándoles a andar a duras penas por un camino que no existía y que los guerrilleros alargaban intencionadamente a través de la vegetación para despistarlos por completo. La subida fue muy lenta, más de tres horas y media.

Al llegar al campamento todos venían sudorosos. Paola observó que la muchacha se había orinado encima y eso la impresionó; verla tan alta y tan linda, tan alegre cuando fornicaba, y ahora a la vez tan frágil y meona, como si se hubiera roto por algún lado.

El muchacho, desencajado, era el único que hablaba, porque ella también se había quedado muda.

−¿Qué quieren de nosotros? No tenemos dinero.

−¡Le dije que aquí las preguntas las hacemos nosotros!

La muchacha se puso a llorar sin consuelo, y entonces Miguel Mojica, envalentonado, sacó la pistola de su cinturón, y continuó ordenando:

—¡Mándala callar, carajo!

Con los rehenes era práctica habitual revisar que no tuvieran nada en los bolsillos, dejarlos con la ropa mínima y maniatarlos a la espalda. Eran los primeros que aquel comando retenía y así hicieron con ellos, y luego los encerraron en una cueva profunda que había detrás del campamento. Los guerrilleros decían que allí dentro debían de estar las almas de los pasajeros de la avioneta porque habían encontrado la hélice del aparato justamente tapando la entrada a la gruta, una muy estrecha por la que había que entrar a rastras los primeros doce metros, hasta que luego se ensanchaba y se acababa llegando a un lago interior sobre el que goteaba un chorro fino pero continuo de agua. Allí dentro la oscuridad era total y en su silencio absoluto cualquier ruido era especialmente sonoro. De ultratumba.

17

os guerrilleros tapiaron la entrada de la cueva con piedras y durante dos días enteros les dejaron solos en su interior, meditando con los espíritus aéreos. Les tuvieron sin ver la luz y sin comer, mantenidos solamente a base del agua que les servían en sus propias cantimploras, una al día para los dos. A oscuras, los turistas se sintieron vigilados, por fuera por sus secuestradores y por dentro por los murciélagos que los observaban desde el techo del revés, colgados de sus patas. Aún más llegaron a horrorizarse cuando palparon los cráneos y huesos de algo que parecía humano pero del tamaño de los bebés y, sin saber cómo aquellas criaturas habrían llegado hasta allí, concluyeron que habrían sido robados de sus madres por esos murciélagos. Así de asustados tampoco durmieron, vigilantes ante el temido ataque de aquellos mamíferos voladores.

En ese tiempo, los guerrilleros inspeccionaron todas sus pertenencias de acampada, incluidos sus documentos, unos libros escritos en lengua castellana, un diccionario holandés-español, unas fotocopias en papel con información de la sierra, unos mapas, una brújula y sus pasaportes, efectivamente de nacionalidad holandesa, y se repartieron la comida que llevaban. El dinero que encontraron lo recogió Percy Alcalde para entregárselo al comandante, pero antes se guardó una parte.

Paola le vio hacerlo pero no dijo nada por no darle pie a reaccionar contra ella.

Al tercer día, por fin, decidieron sacarlos para explicarles los planes que tenían para ellos. Fuera ya de la cueva les dieron de beber aguapanela para que se repusieran un poco del ayuno y unas avellanas de las que ellos mismos tenían en sus mochilas. Impresionaba verlos de nuevo. En cuarenta y ocho horas sus caras se habían puesto rancias, habían envejecido como diez años y habían adelgazado visiblemente. Él estaba atemorizado y ella ausente, como ida. No reaccionaba ante nada; más bien parecía que el mundo se le había apagado, viva aún, pero con la tunda de haber pasado del paraíso al infierno vía exprés.

Les sentaron en el suelo frente a la carpa del Yolapeño. Este salió enseguida doblando el espinazo para no darse con la lona en la cabeza y los miró con asombro, igualmente preocupado por aquel aspecto tan lastimero que más bien parecía anunciar un estado previo a la expiración: pálidos, desorientados, orinados los dos y ahora también cagados. El Yolapeño ordenó a Manuel «Colibrí» Cardeño que le diera fuego para encenderse nuevamente el puro que se había dejado a medio fumar porque rara vez se lo fumaba del tirón; lo racionaba para que le durase todo el día.

—Pero bueno, muchachos. Mírense, están hechos unos marranos... —no tuvo respuesta—. ¿Me entienden? ¿Me escuchan? ¿Hablan español? Digo que si hablan español —insistió, hasta que por fin el muchacho levantó ligeramente la barbilla y respondió con un efímero «sí», en el que la vocal resultó casi imperceptible por lo frágil de su aliento.

–Bueno, pues anímense que no vamos a dejarles morir.

Los holandeses seguían sin levantar los ojos del suelo.

El comandante se acercó a ellos entonces y se puso en cuclillas, quedando a su altura.

–¿Quiénes son ustedes? –preguntó el muchacho con la voz tomada.

–El ejército del pueblo. Solo queremos que colaboren.

El muchacho tardó en reaccionar, pero finalmente levantó la mirada del suelo.

–¿Ejército? ¿Y en qué vamos a ayudarles nosotros? –preguntó deprimido y sin interés alguno.

–Revolucionarios. Nosotros luchamos contra la violencia del Estado que oprime al pueblo.

–¿Secuestrando extranjeros?

–Ustedes no están secuestrados, están retenidos –con aquel matiz consiguió levantar la mirada de los dos–. Ustedes vienen desde Europa. Nos pueden dar una *ayudica*. Estas *tarjeticas* naranjas de banco que tienen… Ustedes nos dan su código y nosotros les tomamos, qué sé yo, mil o dos mil dólares y les dejamos marchar de vuelta. O si lo prefieren se quedan con nosotros ayudándonos, qué sé yo en qué: nos enseñan idiomas, matemáticas, o lo que ustedes sepan. ¿A qué se dedican en su país?

Para entonces, el muchacho había salido de su cuerpo.

–Seis, nueve, seis, nueve –recitó como un autómata, casi sin venir al hilo de la conversación.

—¡Ah! Bien, amigo. Veo que lo entienden... ¿Y el de ella?

El holandés dijo algo en su idioma y ella le contestó algo también que debían ser números porque, con la misma cadencia, la traducción del chico fue: «Uno, nueve, siete, dos».

Con esa información marcharon a la ciudad, con el objetivo de vaciar los ahorros de aquellos holandeses errabundos y errados. Pero por supuesto no se fiaron solo de los números; para más seguridad decidieron quedarse con la chica en el campamento. Así, Percy Alcalde y otro guerrillero al que llamaban Giraldo marcharon con el muchacho sabiendo que no haría otra cosa que colaborar porque su amiga, o lo que realmente fuera, se quedaba «retenida» en la sierra.

Conocidas las intenciones de separarlos en las próximas horas, los holandeses reaccionaron con lucidez. Decidieron comenzar a hablar y cooperar para no empeorar la situación.

Él se llamaba Siem y ella Dael.

Y para ganarse la simpatía de todos, Siem les dijo que en español su nombre significaba Simón, como Bolívar, que mejor le llamaran así. También dijo que ella era enfermera y él profesor.

—¿Ve, amigo? Listo, ahora vamos a cooperar como buenos camaradas. ¿Profesor de qué?

—De español.

—¡Anda carajo! ¿Y qué nos vas a enseñar tú a nosotros de español? —dijo el Yolapeño medio sorprendido.

—También les puedo enseñar inglés, si lo desean.

—Eso ya me parece más útil —respondió el comandante con cierta alegría—. Entonces, sí. A la vuelta, cuando traigáis buena plata del banco, vas a enseñar inglés a los compañeros para que griten a los cuatro vientos que queremos un país libre. Que se entere el mundo y los gringos de mierda que nos oprimen.

Desde aquel mismo día, a Dael le encargaron hacer un chequeo médico de los integrantes del comando, y le pidieron que hiciera una lista con los medicamentos y el instrumental esencial que necesitase para poder ejercer esa labor lo mejor posible. Ella se quedó sorprendida por aquella propuesta, tal vez pensando que no tenía intención de estar allí demasiado tiempo, pero comprendió que lo que tocaba en ese momento era seguirles la corriente a aquellos hombres hasta que Simón estuviera de vuelta. Así, aún con miedo por lo que a una mujer extranjera le pudiera suceder estando secuestrada por guerrilleros —todos hombres a excepción de Paola—, asintió ligeramente, como para dejar bien alto el ánimo de todos, incluido el suyo. A cambio, le dejaron andar libremente por el campamento, aunque siempre había dos o tres guerrilleros con un ojo pendiente asegurándose de que no hacía nada raro.

Por la tarde del décimo día de su secuestro, la emisora de radio informó al comandante de que en el noticiero habían comunicado la muerte de dos personas, dos guerrilleros, pero no dijeron nada de un extranjero que tenían secuestrado. Había ocurrido a las afueras de la capital. Fue en un tiroteo con el Ejército de la nación. Se les habían incautado más de veinte millones de pesos.

Los guerrilleros muertos apenas llevaban un año en la guerrilla y así de rápido acabaron marchándose.

Durante meses, el comandante decidió no compartir esta información con nadie del comando y cuando alguien preguntaba por la vuelta de los guerrilleros con el holandés, el Yolapeño se limitaba a decir con naturalidad que esas cosas llevaban su tiempo.

18

La mañana en la que se cumplía la tercera semana del secuestro de los holandeses, Paola se compadeció de la soledad de Dael. La vio amanecer triste otro día más, pensativa, sentada en la misma roca de todos los días. Tenía la mirada puesta en las raíces superficiales de un árbol viejo que bien parecían culebras enormes. Para entonces Paola había preparado ya un café de olla, de la manera que le había enseñado don Basilio: con el agua bien caliente pero un poco después de hervir y con panela. Sirvió dos tazas y le ofreció una a ella. Inicialmente no aceptó.

—¿Estás mejor? —preguntó Paola, alargándole una de las tazas.

—No lo sé... No —rectificó inmediatamente—. Yo no tenía que estar aquí.

Su mirada estaba perdida en el horizonte y tenía los ojos llorosos, pero no podía desahogarse.

—¿Sabes qué? Yo tampoco —replicó Paola.

Se hizo un silencio y entonces continuó:

—Me llamo Paola. Mi verdadero nombre, quiero decir. Paola Rincón Vélez.

Dael la miró confusa, sin gesto y sin respuesta.

—¿Qué significa Dael?

—Pequeño valle.

La muchacha respondió con una tibia sonrisa en su cara.

—¡Qué lindo!

—¿Mi nombre?

—También, pero me refería más bien a verte sonreír.

Tras otra pausa de cortedad, Paola le alargó nuevamente su taza de café.

—Toma, bebe. Te ayudará a quitarte la pena.

Aquella era la primera vez que Dael sonreía desde que fue retenida. La muchacha tomó la taza y sorbió.

—Gracias. Huele rico —respondió con acento de Flandes.

—Es el mejor café del mundo —razonó Paola.

La muchacha asintió sonriendo a la respuesta de Paola, ahora medio llorando, con la frente colorada y la nariz congestionada.

—Sabe también rico.

—Te dije. El mejor café.

La muchacha volvió a asentir. Por un instante se había olvidado de lo que estaba ocurriendo allí.

—¿Por qué dices que tú tampoco tenías que estar aquí?

—Porque estoy huyendo —dijo Paola.

—¿Tú? ¿De qué? —preguntó incrédula.

—Del odio..., del dolor...

Un sentimiento ilógico las envolvió a ambas en aquella plática y con ello se generó otro pequeño vacío sin palabras. Paola tragó saliva y Dael también.

—¿Me ayudarás a escapar?

—¿Yo a ti...? ¿No eres tú la que me tienes secuestrada?

—Eso parece, ¿verdad?

—No te entiendo.

–Es que se puede estar secuestrada y aún ser libre; y también al contrario –contestó Paola.

–Sigo sin entenderte –protestó inquieta–. No sé ni dónde estamos ni de lo que me hablas. ¿Cómo voy sacarte de aquí...?

–No, no me entiendes. Lo que yo necesito no precisa que conozcas dónde estamos, sino que conozcas mi vida; y eso te lo puedo contar yo. De ahí es de donde necesito que me rescates –respondió Paola.

Dael la miró aún más desconcertada mientras se sonaba la nariz con un trozo de papel higiénico arrugado y tieso que sacó de un pequeño bolsillo que llevaba escondido en su cintura. Paola la observó en silencio, dándole tiempo a ordenar su mente y sus mocos.

–Cuéntame –contestó al fin.

–Gracias –dijo Paola en voz baja, sentándose a su lado–. No sé si tú has vivido algo similar, pero yo sé que una mujer puede envejecer con un hombre mientras desea a otro. También sé que esa misma mujer puede ser madre y querer los hijos de otra mujer más que si fueran los tuyos; y sé que se puede ver y estar ciega al mismo tiempo hasta enloquecer.

–Muchos hombres también hacen eso.

Paola la miró sin quitarle la razón y entonces Dael quedó en silencio entendiendo que había algo más importante que venía después.

–A mi mamá le pasó y yo lo sufrí.

–¿De eso escapas?

–Llegó a anular mis ilusiones y mi voluntad hasta conseguir que hiciera lo que a ella le parecía mejor.

–Lo mejor para ti. Una madre siempre quiere lo mejor para sus hijos.

–Lo mejor para ella –dijo Paola de manera tajante.

–¿Qué te obligó a hacer?

Por unos instantes Paola no pudo articular palabra. De repente, como si le recorriera un incendio por dentro, le pudo la angustia que acumulaba desde hacía tanto tiempo. Dael se limitó a mirarla percatándose de su ansiedad, pero sin moverse un ápice de su postura, expectante.

Cuando se supo calmada, Paola continuó.

–Estoy embarazada de quien solo ella quiso.

19

El encuentro entre el *mamo* Jerónimo y aquellas personas extrañas fue clandestino. Con él se llevó a Marcelino para que le hiciera de traductor. Debió haber visto en sus ensoñaciones que esa era la fórmula adecuada. Él mismo prefirió caminar cuatro horas y desplazarse hasta el campamento de los guerrilleros para evitar que fueran ellos los que entraran en el pueblo con sus armas, porque eso asustaría y pondría en riesgo a su gente.

La misma Paola vigilaba aquel día los movimientos por el valle. Desde su posición en la atalaya avisó por radio a sus compañeros de que dos personas de blanco subían hacia el campamento desde el norte. No llegaba a verles bien la cara, pero era claro que eran indígenas porque uno de ellos iba vestido con un traje jaguarí típico de puro algodón blanco y llevaba puesto un gorro acabado en punta; el otro llevaba una camisa blanca también y dos bolsas cruzadas, aunque este parecía vestir un pantalón tipo *jeans*.

Los recibieron en el campamento. Allí estaban el Yolapeño, Manuel «Colibrí» Cardeño y Mario el Eléctrico, mientras el resto del grupo se distribuía por los alrededores, vigilando. A Dael la habían escondido en el interior de una de las carpas con la orden de no salir y no hacer ruido.

Los guerrilleros ofrecieron al *mamo* asiento en una silla plegable, una taza de café y un cigarro, pero él rechazó todo.

–Que haga lo que le dé la gana –murmuró el comandante con un gesto a caballo entre la extrañeza y la indolencia.

Entre el silencio de los presentes, el *mamo* se sentó entonces en un pequeño tronco de madera sobre el que algún guerrillero había cortado previamente leña para cocinar; tomando distancia del Yolapeño y de los otros, ganaba perspectiva de todo lo que acontecía a su alrededor. Apartó las astillas con un pequeño ramillete de mandarino que llevaba en la mano y se sentó doblando a cámara lenta su delgado y gastado cuerpo, no tan añoso como pudiera parecer. Sacó del bolso su *poporo* –el calabazo donde los jaguaríes guardan y trituran las conchas traídas desde Río Serpiente– y luego metió lentamente su mano derecha en una de las dos bolsas tejidas que llevaba cruzadas. De allí sacó unos pellizcos de hojas secas de coca; lo hizo tres veces seguidas y las llevó directamente de la bolsa a la boca. Según las masticaba consiguió amasar un bolo en su carrillada derecha mientras frotaba el lateral de su calabazo con el palo fino que los jaguaríes llaman *sokunu*, sacado de las ramas de un pequeño árbol que crece en los páramos de la sierra y que allí se le dice diagonal.

Todos contemplaron boquiabiertos el ritual.

Según frotaba, alargó su vista al fondo de la escena. De unas ramas colgada una bandera nacional con el mapa del país pintado en blanco y dos fusiles cruzados, un libro sobre ellos y las siglas del grupo revolucionario escritas en color blanco. También había una fotocopia en blanco y negro en la que aparecía un guerrillero famoso con una frase a modo de subtítulo que decía: «¡Juramos vencer!», pero que el *mamo* no supo leer porque no sabía de letras. Tampoco supo interpretar los colores ni el significado del trapo aquel, aunque le recordaba a los brazales que llevaban unos militares que habían venido tres años atrás al poblado acompañando al gobernador del departamento. Aquellos les hablaron en su día de tomarles unas fotografías para hacerles el documento de identidad que los identificase para poder votar a una persona que les indicaron; fue por las elecciones a la alcaldía de Arellano. A cambio les prometían mejorar el camino desde Uranio a Mamaluma. Los jaguaríes se negaron a todo.

El *mamo* inició la conversación con el comandante; el ritmo era lento y Marcelino traducía de uno al otro idioma.

—El *mamo* dice que ustedes siguen en guerra, por lo que él ve… —dijo Marcelino, completando el gesto que había hecho su tío mientras señalaba el fusil que el Eléctrico sostenía con una mano.

—Dígale que nosotros hemos venido a defenderlos a ustedes, hermano. A los campesinos y a los indígenas. Que los defendemos del poder opresor, de los *jueputas* capitalistas que ahogan a nuestro pueblo. Nosotros queremos que ustedes no caigan en sus manos y que se sumen a nuestra causa —dijo el Yolapeño.

Marcelino tradujo sin el insulto, porque en idioma jaguarí no se dice eso, como mucho se diría: «hijo de mujer amada por muchos hombres», y continuó con la explicación del *mamo*.

–Él dice que no ve que nosotros necesitemos ayuda...

–Ya le digo yo que la van a necesitar. Si no van a acabar cayendo en las manos de los narcos, los *paracos* y el Ejército –replicó el comandante.

Marcelino siguió traduciendo.

–Dice que todos los que vienen de fuera nos generan problemas tarde o temprano. También dice que ustedes vienen igualmente de fuera.

–No, amigo –respondió el comandante con un gesto de desesperación–. Dígale que se equivoca. A nosotros nos mueve el espíritu de Simón Bolívar y de Ernesto «Che» Guevara –continuó con aire revelador, y entonces se hizo un silencio en el que Marcelino bajó inconscientemente el tono de voz en su intercambio con el *mamo* para enseguida volver con una pregunta que sorprendió a los guerrilleros.

–¿Esos quiénes son?

–Puta madre. ¿No saben quién es el libertador de América? Dígale que son nuestros líderes espirituales, nuestros *mamos*.

Marcelino obedeció y volvió con la respuesta.

–Dice que América no ha sido liberada. Dice que ustedes le pusieron nombre y que nos dicen hermanos, pero que nosotros estábamos aquí desde mucho antes de que ustedes llegaran. Dice también que ustedes son los hijos de los que arrebataron las tierras a nuestros antepasados y que nos maltrataron para llevarse el oro de los ríos, contaminarlos y tumbar el bosque para plantar todos los alrededores de la sierra con cultivos que no son buenos para la madre Tierra. También dice que nos han arrinconado en la sierra.

–¡Carajo! ¿Todo eso somos? –rió el comandante, llevándose las manos a la cabeza con un gesto exagerado–. Nosotros somos nacidos en esta tierra, somos americanos como ustedes. Dile eso bien clarito, hermano. Estamos aquí por una causa justa: luchamos por una patria grande, hermanada con los pueblos de América y solidaria.

Marcelino tradujo nuevamente.

El *mamo* hizo otro silencio y sin decir ni sí ni no, volvió a concentrarse pensativo en el ritual de su *poporo*. Mascó el bolo de coca con la misma cadencia y chupó el palo de diagonal impregnado en aquel polvillo de carbonato. Satisfecho, tomó la palabra durante un rato más largo y entonces Marcelino hizo una pausa para asimilar todo lo que había dicho.

–Bueno, ¿qué? –inquirió el Yolapeño.

–El *mamo* dice que nosotros vemos que ustedes son como el Gobierno: vienen con armas y como ellos nos obligan a ser lo que ustedes quieren que seamos, pero nosotros somos otra cosa. Somos pueblo antes de que ustedes llegasen a esta tierra. Ustedes son los descendientes de aquellos colonizadores y nos quieren seguir colonizando. Hablan su mismo idioma, así que son la misma cosa que nos viene de fuera. Entonces hicieron sufrir a nuestra gente. Ahora vienen otra vez a nuestro territorio y nos amenazan, y nos obligan a abandonar nuestras tierras, a entregarles nuestros cultivos, a trabajar para ustedes. Ustedes están arrancando los bosques para plantar café. También nos están arrebatando a muchos de nuestros muchachos, arrancándolos de sus raíces con regalos que realmente no necesitan. Nuestros jóvenes siempre habían respetado la naturaleza, las leyes de la madre Tierra, pero ustedes vienen y les quieren dar un fusil para que traicionen a su pueblo. Ustedes son nuestros hermanos también, pero son hermanos menores; no comprenden lo que es la naturaleza y están destruyendo a Aluna.

—¿La luna también? —preguntó el comandante sorprendido y burlón.

—¡Aluna!, señor. La madre Tierra —corrigió Marcelino inocentemente.

—Aluna, Aluna —repitió entonces el comandante, en una especie de parodia reveladora que hizo reír a los otros—. ¿Qué quiere que hagamos, pues?

—Respétenla. Respétennos. Entre ustedes, los colonos y el Ejército no sabemos en quién confiar. Todos traen el miedo a nuestra gente. Se vienen a pelear a nuestra casa. Cada uno de ustedes defiende su causa y se piensan que es única y justa. Nosotros decimos que nuestra causa ha sido golpeada por todos por muchos siglos, por los que ustedes dicen que son sus enemigos y por ustedes mismos; nosotros no sabemos quiénes son, porque no les vemos la diferencia. Solo que no queremos que venga gente así porque traen miedo a nuestras casas. No queremos que nos obliguen a hacer otras cosas que no son propias de nuestra cultura sin que nosotros queramos tomarlas. No queremos una carretera porque sabemos que, cuando nosotros mismos abrimos un camino nuevo en la sierra, por ahí llegamos a molestar a los animales. Nosotros no queremos que otros vengan a molestarnos, no queremos cambiar nuestra forma de ser. Solo si vienen con respeto son bienvenidos. Somos pocos, no precisamos mucho pero sí queremos vivir en paz.

En medio de aquel discurso, los guerrilleros no quisieron entender.

–Dile que el mundo ha cambiado. Que no se puede vivir aislado nunca más. Que sois parte de un país grande. De un gran país, carajo. Que eso es bueno para ustedes. Diles que la historia ya pasó.

–Nosotros no necesitamos otro país. No queremos un país donde la tierra tiene propietarios. Nosotros solo tomamos de la tierra lo que necesitamos para vivir, para hacer un corral, para un potrero o para sembrar unas papas, pero no le quitamos lo que le pertenece. Los minerales, por ejemplo, gente como ustedes viene de fuera a por ellos y contamina el agua de los ríos y ya no se puede beber fuera del corazón de la sierra. También vemos que los hielos se están derritiendo. Que los bosques han desaparecido de muchas partes, que los han arrancado para plantar café, y más café y más café; no han dejado nadita. Por allá abajo, los pájaros ya no vuelven. Por eso no queremos que los colonos vengan acá. ¿Qué van a beber los animales, qué van a comer si desaparece el bosque?

–Dile que nosotros no venimos a destruir la naturaleza, que venimos a protegerlos a ustedes –insistió.

–Dice que todas nuestras riquezas han estado amenazadas por guaqueros, colonos, narcotraficantes, militares y ahora ustedes, revolucionarios. Eso es todo –concluyó Marcelino repitiendo con su mano izquierda el mismo gesto que acababa de hacer el *mamo,* con el que indicaba el final de la conversación.

–Espera, pregúntale si alguien les ha pedido hoja de coca.

Marcelino obedeció.

–La coca es sagrada. *Ayu* la llamamos. Nuestros antepasados la tomaban desde siempre. Ustedes quieren que la cultivemos para hacer veneno con ella, para dañar a la gente que no conoce su utilidad. Ahora nos están quitando más tierras, cortan los árboles y plantan más coca de la que nosotros necesitamos.

–¿Quién está plantando coca en la sierra?

El *mamo* se levantó entonces, guardó el *poporo* en su bolso señalando con ese gesto, ahora sí, el final definitivo de aquella conversación, y se marchó sin mediar saludo ni cruzar mirada alguna.

–¡Unos y otros! –se apresuró a responder Marcelino.

–¡Al carajo! –espetó el comandante–. ¿No quiere entender que nosotros estamos con ustedes? Pues dile que piense lo que quiera, pero que vamos a vigilar a dónde va la coca que recolectan. Y que nos han de dar *pancoger*. Queremos papas, plátanos y panela para todo el comando. Les damos cuarenta y ocho horas para que acepten apoyarnos, si no los sacamos a fuego de sus casas. Y ojito con salir del poblado, no nos vayan a dar chivatazo de por dónde andamos.

De allí se fueron Marcelino y el *mamo* mientras el primero traducía por el camino esta última parte de la conversación.

Paola volvió a avistarlos bajando hacia el río en dirección al norte. Identificó claramente al *mamo* y a un muchacho de espaldas que, efectivamente, llevaba pantalones tipo *jeans*. Con molestias en su vientre, le recordó a Marcelino, y entonces sí le pareció estar viéndole bajar por la ladera, pero no hizo nada.

20

A las seis de la tarde, el Yolapeño se metió en su tienda de campaña y abrió conexión por el equipo de radio. Ajustó la frecuencia, apretó el botón tres veces y esperó respuesta. Al cabo de unos segundos oyó entrar dos interferencias desde el otro lado y entonces dijo: «No hay café». Desde el otro lado, una voz ahuecada y envuelta en un ruido electromagnético contestó.

–¿Qué les dijeron?

–Que no colaborarán porque somos extranjeros.

–Ya... ¿Con quién hablaron?

–Con un tal *mamo* Jerónimo y con un muchacho que le hacía de traductor.

–Son buena gente; me resulta extraño que no les vayan a ofrecer comida.

–Les hemos dado un ultimátum.

–¿Qué ultimátum? A los indígenas me los cuidan, comandante. Esto no va con ellos.

–¿Cómo hacemos pues, cura? ¿Vas a subirnos tú la comida?

–Si fuera preciso lo hago, lo que haga falta; ya veré cómo organizamos. Vamos a darles tiempo.

–No hay tiempo. Ve pensando cómo, si tanto los aprecias, porque tengo varias bocas que alimentar y comida solo para cinco días.

Al día siguiente, el *mamo* reunió al pueblo y también mandó llamar a los *mamos* de otros pueblos de alrededor. Con estos se reunió en la cabaña que representa el cosmos para los jaguaríes; ahí es donde siempre se reúnen en el poblado. Es la más importante y la única que en lugar de acabar en dos puntas acaba con una corona que representa el firmamento. El *mamo* había tenido ensoñaciones confusas que no sabía de dónde podían venir, pero tenía claro que las próximas noches eran para estar alerta. Así, explicó a sus hermanos que tenían que ser desconfiados porque a la sierra habían llegado personas peligrosas —del Ejército, dijo, sin saber matizar— con armas, que les decían otra vez lo que tenían que hacer, y que enseguida podrían estar en sus casas. Les explicó que les pidieron comida y que los amenazaron con quemar el pueblo si no colaboraban. Concluyeron que para estar más seguros las familias debían subirse a sus bohíos más altos y dejar el pueblo vacío. Entre todos vigilarían el valle desde los cerros, mientras que los *mamos* subían a los lagos a leer lo que les decían las aguas fundidas de los glaciares. Así hicieron. Los *mamos* caminaron descalzos tres días hasta los lagos y utilizaron dos más de regreso. A través de senderos casi desaparecidos, tapados por la exuberante vegetación, cruzaron torrentes de aguas traslúcidas, se adentraron en bosques adornados con sonidos encantados y matorrales de olores y colores especiales, pensados desde el cosmos para atraer a cientos de mariposas, y sortearon con naturalidad el temor a las mordeduras de las serpientes y también de los escorpiones, hasta que finalmente alcanzaron los pastos de las alturas, donde aguantaron el frío sin que su respiración se entrecortase a pesar de la falta de oxígeno, porque los *mamos* jaguaríes son fuertes como los mismos jaguares.

También durmieron en cuevas llenas de murciélagos, sin miedo alguno, porque para ellos son animales admirables, y hablaron con ellos; y para mantenerse calientes prendían pequeñas hogueras con ramas secas. Y no comieron en todo este tiempo; solo bebían agua de los arroyos y mascaban su hoja de *ayu*, que compartían unos con otros chupando el polvo de carbonato de su *poporo*; eso les daba fuerza y les quitaba el hambre.

Por el camino hacían también sus pagamentos a la naturaleza para proteger a su pueblo mientras estaban fuera y para protegerse ellos mismos por el camino. Dedicaban hoja de coca, hilos de algodón, flores y frutos que recolectaban por el camino; a veces alguna piedra o algún trocito de madera que incluso tallaban sobre la marcha. Todo eso lo colocaban cuidadosamente como ofrendas al pie de las mismas piedras sagradas que sus ancestros habían venerado durante siglos, antes incluso de que la ocupación de los invasores españoles los arrinconase en la sierra.

En el camino de subida se encontraron también con tres muchachos jaguaríes de otro pequeño poblado llamado Asyardé. Los *mamos* se sorprendieron porque aquellos muchachos ya casi no vestían de blanco sino con ropa de blanco. Llevaban semillas y hojas de coca, sacos enteros, a gente extraña. Se detuvieron y hablaron con ellos, y les explicaron que no debían vender coca a extranjeros porque el *ayu* es sagrado. Les dijeron que ellos eran jóvenes y que no comprendían, pero que vendiendo la hoja de coca a los blancos no estaban haciendo bien a su pueblo ni a muchas otras personas fuera de la sierra, y que eso se lo acabaría cobrando la naturaleza: «con la hoja de coca los blancos hacen química con la que mucha gente muere en el mundo». También les dijeron que estaban haciendo mal ayudándoles a plantar más coca en la sierra porque los colonos arrancaban el bosque para ello, y que igual que habían hecho años atrás con la marimba y la amapola, ahora hacían lo mismo con el café. Les hablaron calmados y les dijeron que debían volver a la comunidad y seguir las leyes de la naturaleza. Los *mamos* les hablaron de sus antepasados y les dijeron que, igual que ellos mismos, los jóvenes jaguaríes tenían que respetar los consejos de sus mayores; de nada valía querer ser más fuerte que la misma madre Tierra porque luego la naturaleza se lo cobraría. Descubrieron que aquellos muchachos bajaban a Uranio con frecuencia y allí conseguían cuchillos, ropa y cosas así; eran dos que querían vivir como blancos. Les recordaron que los jaguaríes admiran a los murciélagos precisamente porque estos animales son capaces de ver el mundo al revés, y así saben vivir entre dos realidades. Los murciélagos no son pájaros ni roedores, pero los roedores les dicen pájaros y los pájaros les dicen roedores.

—Los jaguaríes tenemos que saber que los blancos se enfrentan entre ellos y que así nos traen sus problemas a nuestra casa. Nosotros no somos ni unos ni otros; somos jaguaríes y debemos seguir siéndolo. Por eso no tenemos que ver el mundo como los blancos, sino como los murciélagos: verlo del otro lado, porque el mundo de los blancos está al revés —les explicó el *mamo* Jerónimo.

Los muchachos acabaron convencidos y con ello, sin saberlo, los *mamos* interrumpieron en aquel momento el suministro de hoja de coca que entraba en la finca de Julio Espinosa.

Cuando alcanzaron el lago, lo que allí leyeron les resultó confuso. No les pareció que los guerrilleros fueran a cumplir su amenaza, pero veían fuego y sentían cosas malas. Quedaron convencidos de que lo mejor para su gente era entregarles a los guerrilleros los alimentos que les habían pedido; así evitarían problemas en un futuro que ellos ya veían complicado. También concluyeron que debían ampliar los pagamentos y otorgar *aseguranzas* —hilos finos de algodón trenzado a modo de pulsera protectora— a todos los vecinos para que pudieran andar tranquilos por la sierra y por el pueblo hasta que se aclarase la situación. Tal vez, efectivamente, había otra gente enfrentada con los guerrilleros.

La mañana en la que regresaron al poblado, bien temprano, juntaron a sus vecinos y les explicaron lo que ellos vieron en los lagos. Le entregaron una *aseguranza* a cada uno, se la colocaron en su muñeca izquierda, la del corazón, y les pidieron que volvieran a los cerros a vigilar desde allí, hasta nueva orden. Organizaron y cargaron también tres mulas con comida para los guerrilleros, que bajaron a su campamento con cuatro hombres del poblado. Prepararon varios sacos llenos de maíz, papas, yuca y panela, y también tres gallinas ponedoras, que metieron en sacos de malla de yute para que no se escapasen pero que pudieran respirar. Al llegar al campamento de los guerrilleros, los muleros, como no hablaban español no mediaron palabra. Simplemente entregaron la gabela y se marcharon de vuelta a Mamaluma.

Aquella misma noche, cuando ya no se oía a los niños cantar ni tampoco el cacareo de las gallinas sino solo el fragoroso fluir del río y el «cri-cri» trasnochador de los grillos, cuando ya todos dormían, comenzó a olerse a humo de madera y paja seca. Mamaluma comenzó a arder. El *mamo* Jerónimo vio las llamas desde muy cerca, consternado e impotente, pero sereno. Aunque temía que el fuego del sueño acabara haciéndose realidad, no pensaba que ocurriría así y tampoco se explicó por qué estaba ocurriendo. ¿Es que no habían entendido el mensaje de los lagos?

Nadie se atrevió a bajar de los cerros hasta que los *mamos* aparecieron por el valle y se fue corriendo la voz de que ya era seguro volver al poblado.

Mamaluma había sido arrasado.

21

El Yolapeño le contó a Manuel «Colibrí» Cardeño lo sucedido con los dos guerrilleros y el holandés solo cuando ya había tomado la decisión de levantar el campamento.

Fue un día en que Paola se sentía ya muy pesada y había decidido dar paseos alrededor de su tienda de campaña, y así acabó escuchando parte de la conversación.

–Es que era cuestión de tiempo, compadre. Porque digo yo que alguien en algún lugar del mundo estará esperando a estos gringos. No podíamos retenerlos eternamente.

–Ya sé, Colibrí.

–Esto es lo de la *omelette* –continuó en tono comprensivo.

–¿Qué *omelette*? –preguntó el Yolapeño.

–El dicho ese que dice que no se puede hacer una *omelette* sin romper los huevos.

–No me seas huevón tú, Colibrí.

–Lo que digo es que, de igual manera, tarde o temprano se pondrían en marcha a por nosotros.

–Eso ya lo sé yo también, Colibrí. No hace falta que me *friegues*.

El Yolapeño estaba convencido de que había cometido un error secuestrando a los turistas con el simple propósito de robarles algo de plata.

—Es que así no se hacen los secuestros, comandante. Deberíamos haberles retenido, pero para pedir rescate.

—No me seas huevón, te digo. Ya te informé. Ya está hecho. Nos vamos de aquí y punto.

—Percy y Giraldo muertos y el holandés escapado moviendo el mundo en busca de su amiga —continuó el Colibrí—. ¿Qué vamos a hacer con ella?

El Yolapeño se levantó para pensar a solas. Bajo las nuevas circunstancias, Dael se había convertido en un riesgo para el grupo, pero también era un riesgo dejarla ir: la holandesa era motivo suficiente para la movilización de la diplomacia extranjera y de todo el Ejército, y también tenía información suficiente como para localizar e identificar a cada uno de los guerrilleros.

Colibrí se volvió a acercar continuando con su labor de consejero.

—Le pegamos dos tiros y a la cueva, no hay otra.

—Ya te estrujaste el seso pensando, Colibrí.

—¿Qué si no?

Y además estaban los jaguaríes. El *mamo* Jerónimo no tenía simpatía por los guerrilleros, y aunque finalmente había accedido a sus peticiones entregándoles comida, eran almas libres que andaban por toda la sierra y bajaban a Arellano y a otros pueblos de otras partes de la sierra con cualquier mensaje. Todo ello hacía evidente que la localización definitiva de su comando era cuestión de tiempo.

—Hay que aguantar esta semana hasta agarrar a los putos esos que se sacan la coca de los indígenas. Estamos a punto.

–Nos la vamos a jugar, comandante. Nos la vamos a jugar.

–Patria o muerte, Colibrí. Patria o muerte. Así que monta guardia en Mocoa.

Al día siguiente montaron guardia en vereda Mocoa. Paola se encontraba molesta, nauseabunda, y se sentía ligeramente mareada, pero su cabeza le pedía aparentar normalidad, y la aparentó incorporándose con fingida calma al retén. Estuvieron tres días y dos noches esperando instrucciones, ocultos en la selva –esto no era novedad–, hasta que al tercer mediodía la radio habló nuevamente, a las seis otra vez:

–Café pergamino preñado desde el pueblo. Al atardecer.

Los guerrilleros quedaron alertados. Enseguida entró el resto de la información.

–Mediano. Marca Ford. Cabina roja. Caja de madera con techo. Rotulado con el nombre «Transportes Espinosa» en el parasol. Cuando lo miren de cerca en la oscuridad verán que lleva placa de la capital acabada en veintidós.

La orden fue detenerlo y no agredir, solo comprobar lo que llevaba. Iba repleto de sacos de café y, según las fuentes, al menos quince de ellos iban marcados con un punto de pintura blanca, arriba en el costado. En su interior, según lo informado, también encontrarían paquetes de basuco –pasta de cocaína–, que el camión de los Espinosa venía sacando en los últimos meses desde algún laboratorio al nororiente de la sierra: ¿Uranio?

–Este *jueputa* lameculos. Hay que desviarlo antes de que llegue a la 54.

El estado de la ruta lo ponía fácil. La vegetación era muy espesa a ambos lados, las curvas muy retorcidas y llenas de baches, y el camino repleto de resaltos y pendientes muy pronunciadas. Una ruta muy lenta.

–Dadle parada en el repecho que sube desde el río –continuó la voz del Yolapeño–. De ahí, según quiera acelerar se quedará atrancado un ratico y entonces lo cierran por delante y por detrás.

A las seis cuarenta y cinco de la tarde la radio volvió a hablar para decir que aquel camión ya salía del pueblo: en cuarenta y cinco minutos estaría a la altura de los guerrilleros. Tardó cincuenta y dos –bajaba muy cargado–. Se le llegó a percibir de lejos: le aullaban los frenos, se quejaban los engranajes y los neumáticos chillaban al resbalar desollándose por aquellos baches, muchos aún a rebosar de agua y barro.

Según lo indicado, tres guerrilleros se apostaron al frente y otros tres por detrás con las armas preparadas y las caras tapadas con pasamontañas. El asalto fue rápido y, como de costumbre, la primera palabra, casi siempre fea, la dictó el Yolapeño.

–*Jueputa*. Quiero verle abajo con las manos arriba.

Julio Espinosa lo miró asustado sin poder intuir el aspecto de su asaltante.

–Solo llevo café. No me hagan nada.

–Puto marica cagado... Sabemos que llevas coca, huevón. ¿A quién se la mandas? –inquirió el Yolapeño sin rodeos.

–No sé de qué me habla. De verdad. Solo llevo café.

–¿Tú quieres que yo te lo vuelva a preguntar a tiros?

–Tranquilo, hermano, tranquilo. Por Dios. Yo no sé qué llevan los sacos; yo creo que solo llevan café, es lo que me dicen.

–Puto marica cagado de mierda –volvió a maldecir el comandante–. Lo que te dice, ¿quién?

–De verdad, yo no sé, hermano. Los sacos me los han cargado.

–¡Qué voy a ser yo hermano tuyo, carajo! ¡Déjate de cumplidos! ¿Te crees que hablas con pánfilos?

–No, señor.

–Te vamos a desviar el camión, te vamos a vaciar cada saco, y por cada kilo de coca que lleves te vamos a meter una bala por el ojete, ¿comprendes? ¡Tira! –gritó el Yolapeño, dándole un empujón hacia delante del camión.

Dos guerrilleros le ataron las manos y los pies, y lo amordazaron. Luego se subieron a la caja del camión y tiraron dos sacos de café al suelo, haciendo hueco para explorar la carga. Removieron y voltearon la mayor parte de los sacos. En los que habían sido inspeccionados, aparte de café no había nada más.

Entretanto se oyó un motor.

–Rápido, se ve un coche subir –advirtió alguien.

Mario el Eléctrico era quien estaba encargado de ponerse al volante del camión secuestrado. Mientras ocupaba su puesto, otros dos guerrilleros le arrancaron la camiseta a Julio Espinosa y se la dieron al Eléctrico para que se vistiera de paisano y no llamara la atención al conducir, los cuatro metidos en la cabina. En pocos minutos, el coche que subía hacia el pueblo los alcanzó alargando las luces, como si reconociera el camión.

Los otros tres se agacharon de inmediato y entonces Mario hizo honor a su alias devolviéndoles otra ráfaga de fotones con los que iluminó seriamente la noche, y de paso les interpretó un bocinazo mitad estridente mitad de parranda: allí no pasaba nada.

Unos kilómetros más adelante, el Eléctrico se desvió a la izquierda por un camino estrecho, se metió unos metros hasta encontrar un mínimo espacio donde apartarse y desde allí les comunicaron la localización del camión retenido al resto de compañeros para que vinieran a ayudar. De seguido bajaron a Julio Espinosa del camión, apuntándole en la cabeza con una pistola.

—¿Vas a colaborar, huevón? —le preguntó el Yolapeño a modo de advertencia—. ¿Quién te está esperando con la carga? ¿Quién te envía con la coca?

—No sé nada de que haya coca en el camión —siguió insistiendo.

—Este tipo tiene un hijo al que tal vez no quiera volver a ver más —dijo en alto desde lo más profundo de sus vísceras la única voz femenina de aquel grupo de guerrilleros.

El Yolapeño giró la cabeza hacia Paola con aire pensativo comprendiendo que aquel dato que la chica daba era relevante.

—¡Dejen a mi hijo en paz!

Durante unos segundos la mente de Julio Espinosa se quedó concentrada en el eco que aquella voz había dejado en su cabeza. Poco después le vino la imagen de aquella chiquilla entrando en su casa aquella noche en busca de su madre, la última noche de Violeta Mejías.

—Él no tiene nada que ver —respondió irritado.

–¿Y tú, maricón? ¿Qué tienes tú que ver? –remató el comandante según le soltaba en la cara la culata de su fusil, dejando a Julio Espinosa medio inconsciente, con un tajo de pómulo a mejilla y la nariz sangrante–. ¡Vamos a ver ahora lo que tienes que ver! ¡Registren la carga!

Los guerrilleros se pusieron como locos a inspeccionar los sacos. Los abrían uno a uno, pero sin romperlos. Después de examinar sesenta, no dieron con nada. Algunos de ellos, efectivamente, estaban marcados como les habían dicho por la radio, pero solo contenían café. Probaron con otros diez más y tampoco encontraron nada, hasta el que hacía el once. Con este Martín Tierralta hizo un gesto afirmativo al comandante.

–Está bien. No hay nada, pues –reaccionó el Yolapeño, para sorpresa de sus guerrilleros–. Dejémosle marchar.

–Por favor –alcanzó a decir Julio Espinosa.

–No hay de qué. Más bien me vas a perdonar por el golpe en la cara, Espinosa. Ya coge tu camión y márchate. Aquí no ha pasado nada. ¿Comprendes?

–Claro. Yo no quiero vainas, compadre, puede estarse tranquilo –respondió Julio Espinosa, entre miedoso e iracundo, mientras el comandante lo despedazaba desde el interior de su pasamontañas con sus ojos más porfiadores.

Bajo la atenta mirada de los guerrilleros, Julio Espinosa se subió al camión, visiblemente dolorido por el golpe que había recibido. Arrancó, reinició su marcha y respiró profundamente, sintiéndose aliviado y también queriendo calmar la ira que llevaba dentro.

–Vamos a seguirlo –contraordenó de inmediato el Yolapeño.

Los guerrilleros no se sorprendieron esta vez. Obedecieron de inmediato y lo siguieron con las luces apagadas hasta que comprobaron que, en lugar de continuar su itinerario, regresaba al pueblo.

–Este *jueputa* es listo –advirtió el Yolapeño–. Hay que vigilar qué es lo que pasa con ese camión. Dile al cura que no le pierda ojo y que nos cuente; y dile también que nosotros vamos a seguir esperando en la vereda.

Martín Tierralta fue el que agarró la radio para comunicarse con el cura, tal y como le había ordenado su comandante, mientras Mario el Eléctrico escuchaba ensimismado para, con un gesto de asco en la cara, acabar diciendo:

–A ese le arranco yo el diente de oro que lleva.

22

A los tres días, la iglesia volvió a predicar por radio. La misma voz artificialmente enmudecida y ronca decía ahora que el camión de los Espinosa estaba listo nuevamente para el transporte.

—Los muchachos me aseguran que no han tocado un solo grano de café de la carga desde que llegó. El camión va igualico que como subió.

—Copiado, cura —respondió Martin Tierralta—; denos el aviso cuando vayan a salir.

—Entendido. Cierro —dijo la voz ante el atento oído de Tierralta y del Yolapeño, que se acercaba ahora a la escucha.

—Este Basilio, para los años que tiene se podría dedicar a ser ventrílocuo también. *Jueputa*. Hablando así no le conoce ni la madre que lo parió.

A la hora, el cura volvió a avisar de la salida del camión de los Espinosa. Esta vez era mucho más temprano de lo previsto, las tres. Aún quedaba mucha tarde. Salieron antes, seguramente pensando en pasar todo el tramo de la sierra con luz para alcanzar la 54 y el puesto militar de San José antes del anochecer.

—Si sale a esta hora es porque les respaldan los *paracos*, si no no se atrevería a tentar la suerte —concluyó el Yolapeño.

La estrategia de los guerrilleros fue la misma, a pesar de que ahora tenían que asaltar el camión a pleno día. Volvieron a salirle en el mismo punto, pero para su sorpresa no conducía Julio Espinosa, sino su hijo. Y viajaba solo.

Paola se quedó blanca al verlo, aunque no se le notase porque llevaba pasamontañas. Mirándolo. Odiándolo. Recordándolo entre sus piernas. Volvió a sentir que moría de impotencia. Volvió a sentir náuseas y, con un sudor frío, le comenzaron a temblar las extremidades al pensar que nadie la creería jamás si tuviera que explicar que lo que pasó con aquel muchacho nunca fue de su agrado. En un esfuerzo descomunal contuvo el llanto al escuchar a aquella voz decir algo que le pareció falso.

—¡Viva la patria grande! —dijo nervioso Fabián Espinosa según bajaba la ventanilla.

Sonó inapropiado a todos los presentes. Una vez más, un comentario imbécil.

—¿Qué carajo dices, huevón de mierda? —le gritó el comandante—. ¡Baja del camión!

Fabián Espinosa se estremecía de miedo; se le aceleró la respiración.

—Tranquilos. ¿Eh?... Solo llevo café.

—¡Te callas, mameluco! ¿Te manda tu papá? ¿No tiene huevos para volver?

El comandante dio nuevamente la orden de registrar el camión; los guerrilleros ya sabían que no había que tocar nada, solo fingir. Después de un rato manteniendo a Fabián con el corazón en la boca, alguien gritó:

—Es cierto, solo lleva café.

—Ya les dije —se justificó Fabián.

–Muévete. De buena te has librado.

Dos guerrilleros siguieron entonces a Fabián Espinosa de incógnito en la motocicleta que le robaron a uno que subía hacia Arellano, al que le quitaron la ropa y luego hicieron cadáver en el monte. El resto, después de ocultar el cuerpo del motorista, se quedaron escondidos en la selva cerca de la pista de tierra, hasta nueva orden. Sin saberlo, Fabián Espinosa los llevó hasta el puerto. Allí, los guerrilleros descubrieron sus conexiones con gente vestida de paisano, pero no hicieron nada, solo observar. En apenas quince minutos hicieron el trasvase del camión a una lancha sin que Fabián Espinosa se bajase siquiera del vehículo. Con esa parte del transporte concluida, continuó su viaje para descargar los sacos de café en un almacén de las afueras de la ciudad. Allí sí se bajó a ayudar. Con el camión vacío inició su viaje de regreso.

En el mismo punto de la vereda, le volvieron a sacar del camino.

–Ahorita te bajas del camión y nos explicas lo de la coca escondida que has dejado en el puerto.

Lo bajaron apuntándolo con sus fusiles. Le ataron las manos y lo empujaron contra la cuneta. Fabián tropezó cayendo de bruces, lastimándose las rodillas.

–Date la vuelta, maricón.

–Señor, por favor. Soy un mandado; he llevado el pedido según me han dicho.

–¿Quién? ¿Según te ha dicho quién?

–Mi papá.

–¿A quién le lleva la coca Julio Espinosa?

–Mi papá le trabaja al patrón.

–¿Al patrón? ¿Qué patrón? ¿Quién es el patrón?

—Es mi papá quien lo sabe.

—¡Cagado de mierda! ¡Dime de veras a quién le mandáis la jodida coca! —Sonó el amartilleo de una pistola.

—Por favor, no me maten. ¡No me maten! Escuchen. Pasado mañana mi papá tiene encargado otro pedido para el mismo patrón. Dice que es mucho más grande que este.

Retuvieron a Fabián un buen rato. Con el susto en el cuerpo, sollozando, se quedó en silencio apoyado en un neumático. Le tuvieron allí tirado hasta que se calmó y todos los guerrilleros quedaron convencidos de que no mentía.

Después de un rato, Manuel «Colibrí» Cardeño se acercó a él.

—Te estamos vigilando; si nos mientes te descuartizamos, a ti y a tu padre.

—No les miento, señor. Se lo juro.

Durante todo el tiempo, Paola no dejó de mirarlo a través de su pasamontañas. Ella misma tenía los ojos llorosos, de rabia, de dolor, de impotencia aún. Le venían recuerdos que retroalimentaban su rechazo a aquel pasado que vivió con aquel muchacho bajo el mismo techo. Le vino el olor a esmalte de pintauñas que se ponía su madre y que indicaba que Julio Espinosa vendría a visitar a Fabián a su casa, y le vino también el sabor del pintalabios que ella misma se puso la noche en que sucumbió a la locura de su madre, sintiéndose obligada a meter a Fabián en su cama para convencerse de que tenía que ser una muchacha con cabeza y futuro. Ahora no podía comprender cómo su mente se pudo nublar tanto y vislumbró que el martilleo de su madre, durante tantos años, fue lo que definitivamente la llevó a perder sus referencias, a olvidarse de lo que realmente quería. Se sintió mutilada de sus deseos más puros, de sus ilusiones, por su propia madre, que se exhibía injustamente como dueña de su vida por el mero hecho de haberla traído al mundo. Razonó que su madre estaba realmente loca, lejos de sus cabales, enloquecida por sus propios deseos y fantasías, pensando en retener a aquel hombre del que estaba enamorada de cualquier manera. Sin importar lo que tuviera que hacer para ello. No le había valido con deshacerse de Violeta; también la utilizó a ella pensando que reteniendo a Fabián acabaría haciendo más suyo a Julio Espinosa.

Ella misma se vio en la escena nuevamente y entonces recordó que al salir aquella noche de la casa en busca de don Basilio encontró en el salón una de aquellas piedras redondas rebuscadas en el río con Marcelino, su amor más inocente. Había guardado aquella piedra como un amuleto llevándola consigo hasta ahora. Como buscando ayuda, se echó la mano al bolsillo para comprobar que seguía con ella y recayó en que hasta la fecha no había leído de qué piedra se trataba. La sacó entonces con el fin de descubrir el nombre que en ella habían escrito y que habían elegido conjuntamente, y leyó Valentina. Como si fuera un mensaje que le llegaba en ese momento desde el centro del mundo a través de lo vivido con Marcelino, contuvo el llanto y sonrió a la vez.

23

Las primeras comunicaciones del cura confirmaban que todo parecía estar planeado según había confesado Fabián: el camión de los Espinosa estaba listo nuevamente y, según las informaciones, padre e hijo estaban allí juntos en el almacén, pegados al vehículo.

Ese día Paola se encontraba triste. Durante cuatro días había estado tomando infusiones de sanguinaria para provocarse el aborto, pero no le funcionaron y además le sentaron muy mal. Estaba agotada de no dormir y le habían vuelto los dolores menstruales sin estar en esa condición. No paraba de tener náuseas y se sentía hinchada y molesta; era la infusión y también era como si aquel reencuentro le hubiera golpeado duro en su vientre, revolviéndole definitivamente las tripas con el alma.

Se le notaba en la cara.

El Yolapeño la sintió distante. Encendió su puro y, como si de alguna manera hubiera intuido lo que tenía, se acercó a ella. Paola, pálida y sudorosa, se tapó la nariz nada más sentir el humo del cigarro. Él, comprendiendo el gesto ante su prueba, la miró desencajado.

—¿Estás en tus días o es que se te olvidó planificar? —fue su pregunta.

—No me encuentro bien, pero se me pasará —respondió.

El Yolapeño la miró reflexivo, incrédulo y con prisa, y entonces le ordenó que se quedara, esta vez en el retén del campamento. Paola asintió con un gesto.

Todo lo que hacía desde allí era escuchar las comunicaciones, vigilar a Dael y estar atenta por si era necesario ponerse en marcha para ayudar a los compañeros, aunque ella misma sentía que su cuerpo no estaba para esas.

Los guerrilleros marcharon nuevamente a la vereda, ahora sin Paola. Cuatro horas después, el cura comunicó la salida del camión grande de los Espinosa. Apenas cinco minutos más tarde, los guerrilleros comunicaron desde la pista que habían detenido un Jeep. Informaron que iba conducido por el joven Fabián Espinosa; también dijeron que iba acompañado por una mujer que podía ser su madre y que alguien identificó como la dueña del hospedaje de Arellano. Al llegar al retén tuvieron el coraje de detenerse a la altura de los guerrilleros, como si nada pasase. Fabián los saludó con descaro, sonriente, intentando normalizar la situación:

—¿Cómo están hoy? Como les dije, detrás viene mi padre con la carga. Hoy me toca a mí manejar el taxi —dijo señalando a Elvira Vélez con un movimiento de su cabeza.

A los ojos del guerrillero que les dio el alto, la información del muchacho cuadraba con la del cura.

—Hay que ser malnacido para delatar así a su padre —comentó Miguel Mojica a Mario el Eléctrico.

—Eso se lleva en la sangre —respondió este.

De aquella escena se filtró inmediatamente la instrucción de Miguel Mojica al resto de compañeros:

–Atentos al camión.

Cuando el camión de los Espinosa llegó al retén, los guerrilleros le dieron el alto, pero esta vez aquel tozudo conductor no quiso detenerse. Tal vez, sin pensárselo mucho, vislumbró que la suerte estaba echada, él contra todos.

Al otro lado de la emisora, Paola escuchó a los compañeros informar de la maniobra y maldecir en directo al conductor que, como un kamikaze, dirigía el camión hacia ellos en lo que fue una decisión fatal, porque el Yolapeño ordenó disparar de frente y sin reparos. Viniendo de aquel lejano paraje, Paola llegó a escuchar el eco de un redoble de disparos que calló hasta a los pájaros, creando inmediatamente un silencio completamente vacío.

Después de unos segundos, Manuel «Colibrí» Cardeño informó que el camión se había salido de la pista. Para entonces los guerrilleros habían comprobado que el conductor estaba muerto y atrapado entre el volante y el tronco del árbol que había frenado la caída por el terraplén. En aquellas circunstancias, acribillado, muerto y con la cara rota y llena de sangre por los cristales, aquel hombre no parecía Julio Espinosa, pero para los guerrilleros ya daba igual lo que pareciera.

–Revisen la carga, apúrense. Hay que sacarle toda la coca –ordenó el Yolapeño.

Los guerrilleros se pusieron manos a la obra. Entre ellos Mario el Eléctrico, que encontró las piezas de la caja de herramientas del camión de los Espinosa dispersas por el suelo. De entre todas halló unas tenazas de herrero que le hicieron recordar el diente de oro de

Julio Espinosa. Sin especular, con rostro serio, las agarró decidido a arrancárselo de cuajo según había prometido.

—A este muerto *jueputa* ya no le hace ninguna falta —razonó en alto para sí.

Para su sorpresa, cuando le levantó la cabeza del volante comprobó que aquella cara no se parecía a la de Julio Espinosa porque no era la de Julio Espinosa. Extrañado, frunció el ceño durante un segundo mientras pensaba en una explicación. Con aquella cabeza agarrada por los pelos, reflexionó que si no era Julio Espinosa entonces ya no había diente que arrancar, pero antes de desistir le abrió la boca igualmente por si acaso. Observó que efectivamente no había un diente de oro sino dos. Se sorprendió gratamente. Con el mismo razonamiento anterior agarró aquellas tenazas oxidadas y en dos movimientos de muñeca extirpó de aquel cadáver sendas piezas postizas. Miró a su alrededor para comprobar que no le miraba nadie, se las guardó en el bolsillo de la guerrera y regresó con el grupo. Allí mintió al decir que le acababa de arrancar el diente a Julio Espinosa. De las dos piezas de oro de su pequeño botín saqueado a ese otro cadáver desconocido, el Eléctrico destinó una al reparto, a partes iguales con los demás guerrilleros; la otra pieza fue para él en secreto.

Finalizado el abordaje se oyó nuevamente la voz del cura. Volvió a comunicarse para decir que acababa de averiguar que el conductor no era Julio Espinosa, sino Emilio Rincón, y que suponía que en el todoterreno no solo iban Fabián Espinosa y Elvira Vélez, sino que detrás, como bien les había dicho Fabián —riéndose de ellos en sus narices—, concretamente en el maletero y oculto, también viajaba Julio Espinosa. ¿Con la carga? Los compañeros del comando, desconfiados, buscaron la droga en el camión accidentado, pero efectivamente allí no encontraron nada.

Desde el otro lado de la radio, Paola escuchó el nombre de su padre a través de la voz de aquel cura comprometido con la guerrilla y con ella misma. Solo pudo ponerse a llorar.

En Arellano era también la una y tres minutos. Don Basilio se congratuló por la coincidencia: el coronel Evaristo Díaz siempre le recordaba aquella hora cuando iba de visita a su quinta. Allí, en la sala de estar había un reloj de pared que el mismo coronel había parado aposta en señal de homenaje por la muerte de Simón Bolívar el 17 de septiembre de 1830, a la una y tres de la tarde. Se colocó sus auriculares, colocó también el mismo pañuelo de siempre en el interior de la misma mascarilla de plástico de todas las veces, una de esas con las que se fumiga el café haciéndolo menos ecológico, y se la puso para disfrazar su voz mientras encendía el equipo de radiocomunicaciones. Sentado en la silla cambió la frecuencia del aparato unos pocos megahercios hacia arriba hasta un número exacto sin decimales y apretó el botón, en esta ocasión solo una sola vez. Al instante, desde el otro lado entró también una sola interferencia.

–Tu siervo.

–Escucho –dijo alguien.

–Tus tres feligreses han pecado.

–¿Dónde andan?

–Salen ahora del corazón del mundo.

–Aquí los espero.

–Amén.

Inmediatamente, desde el otro lado de la sierra, el mismo Evaristo Arias contactaba por teléfono con el puesto militar de la 54. Se identificó como el coronel Arias, de la reserva del Ejército del aire. Informó de buena voluntad acerca de consistentes rumores sobre la existencia de un vehículo todoterreno que era sospechoso

–Procede de Arellano –dijo.

En él viajaban tres personas: dos hombres, padre e hijo, y una mujer.

–No pierdan ojo, uno de ellos viaja oculto en el maletero.

Dio el número exacto de placa y también informó de que se dirigían a la pista de tierra de Los Andes con la intención de abandonar el país, ellos y ochenta kilos de pasta base de cocaína.

Evaristo Arias sabía que con esa información aquel vehículo sería interceptado por el Ejército en algún punto al sur del retén militar. De seguido, nada más cortar la conversación realizó otra llamada con el mismo teléfono para ordenar a un interlocutor distinto la salida de otro camión cargado de café excelso, calidad oro, listo para la exportación. Este camión vendría desde el norte de la sierra hasta el mismo aeródromo donde esperaba la Cessna 210 Centurion con la que Fabián Espinosa había aprendido a pilotar de la mano del coronel. Ahora los militares estarían ocupados con los Espinosa y Elvira Vélez, y darían buena cuenta de ellos a la justicia.

Al acabar la misa por el alma de Emilio Rincón, don Basilio se metió en la sacristía buscando refugio. Ni la mujer de aquel difunto, ni su hija, ni los Espinosa asistieron; los cuatro estaban desaparecidos y solo el cura y el coronel eran conocedores de sus rastros. Don Basilio, apesadumbrado por todo lo que estaba viviendo, puso sus ojos encima de media hoja de papel que había sobre la mesa, descubriendo dos párrafos escritos por él mismo unos días antes. Simulaba una letra que no era suya. Al pie del texto, la misma rúbrica sencilla –Paola– se percibía claramente escrita por una mano temblorosa. La releyó dejando su mirada quieta durante unos instantes, asimiló el argumento con un gesto de apretar los labios, y finalmente la arrugó con rabia, estrujándola fuertemente con el puño derecho mientras amortiguaba con la otra mano aquel meneo cada vez más insoportable. Por primera vez fue consciente de su avanzada edad y se sintió viejo pero convencido de que había llegado a tiempo para cumplir su objetivo.

–Ya puedes estar tranquila –dijo en voz alta.

24

—Dael, ¿me ayudarás?

—¿Me estás pidiendo que te ayude a abortar? ¿Que un cura te mandó a la guerrilla para eso?

—Por favor.

—¿Te das cuenta de que esa criatura es ya lo único que te queda? —susurró con su acento holandés.

—Es que no quiero dar vida a tanto sufrimiento. ¿No lo entiendes?

—Abortar no es cualquier cosa. Es tu hijo. Lo es más que de nadie. Y no tiene culpa de nada.

—Tengo miedo.

—¿Por qué te has venido a la guerrilla? Aquí en la selva no hay medios para practicar un aborto.

—El aborto está prohibido en este país, es un delito. Solamente siendo guerrillera puedo abortar.

—¿Cómo es eso? Si es ilegal, lo es en todo el país.

—Aquí está justificado; los hijos pueden ser usados por el enemigo en nuestra contra.

—Ese cura sabía bien dónde te estaba enviando...

—No lo culpes. Él no me ha dicho que aborte. Don Basilio solo me ha ayudado a escapar, me ha enseñado a encontrar mi propia vida. Él siempre ha sido un cura bueno.

—Me da igual lo que sea. Ni siquiera soy católica. Pero yo no puedo hacer eso. Nunca lo he hecho y aquí no hay medios. Si decides hacerlo, al menos has de ir a un hospital.

—Tú eres enfermera, podrás. Te lo suplico. Pide lo que necesites al Yolapeño, él te lo conseguirá —insistió.

Dael retiró la mirada y calló por unos segundos antes de continuar con su razonamiento en contra del aborto.

—Si tienes los medios, entonces no me necesitas.

—Sí te necesito. Tú eres mujer. ¡Ponte en mi lugar!

—No. Ponte tú en el mío. ¡Estoy secuestrada! ¡No sé nada de Siem desde hace meses!

En su desconsuelo, Paola hizo una pausa de comprensión hacia Dael. Luego siguió con su argumento en un tono conciliador.

—En este país, a cualquiera que le cuente lo que estoy viviendo le va a dar igual. Ya hay mucho sufrimiento. La gente está cansada de compartir dolor; otros muchos me van a dar de lado por abortar, porque no es cristiano. Tú tienes otra forma de ver la vida. Por eso quiero que estés presente. Quiero que haya una mujer a mi lado que comprenda lo que estoy pasando. Como yo, hay otras mujeres que tarde o temprano se quedarán embarazadas en la guerrilla y entonces tendrán que elegir entre abortar o abandonar la lucha. Tú las puedes ayudar a ellas también —Dael la miró entre incrédula, enojada y emocionada—. Yo sé que estás secuestrada, pero tal vez el destino te puso aquí para ayudar. Abrázalo.

Enmudecida, Dael se levantó y abrazó a Paola fuertemente. Paola, por primera vez desde su niñez y unas horas después de hacerlo por la muerte de su padre, volvió a llorar convencida de que la holandesa estaría a su lado.

–Pero ya no te queda nada, solo tu destino –continuó Dael en tono conciliador–. Tú eliges. Tu vida es tuya y depende de ti, pero la del bebito también. ¿Te has olvidado de eso? ¿Cómo sería todo esto si tu vida dependiera de él? ¿Te dejaría morir?

Aquella noche fue más calmada; de alguna manera Paola sintió paz interior. Decidió quedarse tumbada, reflexiva, mirando las estrellas desde la atalaya.

A la mañana siguiente, Paola decidió hablar con el Yolapeño.

–Mi comandante, estoy embarazada –le dijo–, y quiero tener el bebé.

El Yolapeño la miró sorprendido y, después de unos segundos sin saber qué decir, le preguntó que de quién era. La pregunta fue en un tono tan frío que parecía que su intención era matar al padre de aquella criatura.

–Es solo mío.

–¿Eres la Virgen María? Camarada, no me *friegues.*

–El hombre ya es pasado, comandante.

–Tú sabes que no está permitido embarazarse en la guerrilla –concluyó indignado.

–Ya llegué embarazada. Fue don Basilio quien me recomendó venir a la guerrilla en mi estado.

Aunque aún era temprano, el Yolapeño transpiraba por todos los poros, más aún por el enfado de la inesperada conversación. Se secó la frente y su sudorosa nuca con un trapo viejo de color rojo que usaba como toalla de campaña y para sacar brillo a la pipa.

—*Jueputa*, este cura. En lugar de ayudar nos acaba trayendo problemas. Primero que cuidemos de los indígenas, y ahora de ti. No entiende lo que es estar en el frente. Cura huevón.

—Yo quise abortar, mi comandante, pero ahora me doy cuenta de que es mejor dar vida.

—De momento eres la única mujer en este comando, Paolita —no la llamaban así desde chica—, lo cual ya es raro porque suele haber muchas más en la guerrilla, no me cagues —continuó desconcertado—. ¿Nos vas a traer a todos de cabeza? ¿Cómo hacemos para que tengas un bebé guerrillero, compañera?

—Cuando esté lista para dar a luz, si la cosa está calmada deme permiso para salir con Dael a un centro médico. Si entre tanto sucede algo, no se preocupen por mí. La guerrilla es la única familia que me queda y, si Dios lo quiere, todo saldrá bien aquí mismo.

El Yolapeño se llevó la mano a la nuca sin creer en Dios y sin creer tampoco que esa fuera la mejor solución.

—Ni te puedo matar, porque eres la protegida del cura y me la volvería a jugar, ni te puedo dejar ir, porque nos obligas a todo el comando a movernos de localización. ¿Qué te has pensado, Paolita? Enseguida el Ejército o las autodefensas te sacarían que la guerrilla está ya ubicada en esta parte de la sierra, si es que no se han enterado ya.

—¿Entonces qué será de mí, comandante?

El Yolapeño caviló entonces la tercera opción.

–Darás a luz a un niño jaguarí.

–¿Cómo va a ser jaguarí?

–Si nace en Mamaluma, será de Mamaluma. ¿No es un poblado jaguarí?

Quedaban más de cinco meses para que Paola diera a luz en Mamaluma. Allí estaría segura y vigilada. Si los jaguaríes nacían sanos en el poblado, el bebé de Paola, y ella misma, también estarían en buenas manos. Paola pensó en los giros que da la vida. Se sintió protegida, como si todo aquello sirviera finalmente para rescatarla de su sufrimiento, como si aquella sierra hubiera accedido a depurar su espíritu. Un espíritu que, por otro lado, hasta aquel embarazoso momento con Fabián, había sido tan puro como las aguas que bajan de las blancas montañas de la sierra.

25

Entrado el nuevo año, el coronel invitó a don Basilio a tomar café en su pequeña quinta a las afueras de la ciudad. Desde allí Evaristo Arias repetía que Simón Bolívar, enfermo, había dado sus últimos pasos por aquellos alrededores; a lo lejos se veía la quinta de San Pedro Alejandrino. El coronel juraba que allí se había parado el tiempo y don Basilio se limitaba a asentir.

Por aquellos días de enero la Loca soplaba exageradamente pero sin excepcionalidad, sencillamente insoportable, a su manera. Don Evaristo lo invitó a acomodarse bajo la pérgola acristalada que había hecho instalar para poder contemplar al resguardo del viento el baile de las embarcaciones meneándose a ritmo de cumbia caribeña en aquellos días de mar medio arbolada. Él en persona le abrió la puerta y con las mismas se percató de que el caminar del cura le descubría ya ciertamente flojo, mermado de fuerzas, lo que chocaba ahora con el ánimo bien arrecho del propio coronel. Recayó también en la mano trémula de aquel sacerdote venido a menos. Pensó que se movía cadenciosamente, como guacharaca en vallenato y, burlón casi hasta lo insultante, pensó que aquel movimiento tenía que ver con lo mucho o lo poco que un cura de su estilo se la meneaba. Con mínimo esfuerzo contuvo una pequeña sonrisa consiguiendo bloquear su pensamiento impropio y exagerado mientras volvía a darse cuenta de que aquel movimiento espasmódico había empeorado con la salud del cura.

–¿Todavía cree que el café es bueno para su Parkinson?

–Lo tengo comprobado.

Sin atreverse a discutir su teoría, el mismo coronel preparó café mostrándose colaborador con el estado de salud y el ánimo de su invitado.

–Tome asiento, padre. Le voy a servir un arábica que me han traído de Nicaragua. Verá que su sabor es menos suave que el de acá, pero el gusto es excelente.

–¿De Nicaragua?

–Sí, señor. Pone «50% natural 50% torrefacto».

–Dicen que es peligroso para la salud.

–¿Nicaragua?

–También –sonrió irónico don Basilio–. Me refiero al café torrefacto.

–Torrefacto... –repitió el coronel con el mismo tono del cura–. ¿Qué tiene de malo?

–Que se le añade azúcar durante el tostado y con el calor se carameliza. Por eso el grano sale más oscuro y brillante y el sabor más fuerte. Para mí eso es matar el café, y tomar azúcar quemada no puede ser bueno para la salud.

–Algo había oído, padre. Pero, yo me digo: siempre ha habido gustos que luego acaban matando, y qué mejor cosa que morir de gusto... –razonó en tono irónico.

–Usted y sus chistes terrenales, coronel.

–Por cierto, padre, ¿oyó esa vaina de que murieron dos personas en el Parque de los Novios?

–No. ¿Qué pasó?

–Al parecer habían robado las tarjetas de crédito de unos turistas holandeses y llevaban varios días vaciándoles sus ahorros. Los del banco sospecharon, llamaron a la Policía y los vigilaron por dos días. Pero los delincuentes se percataron y, al tercer día, cuando ya los iban a detener, uno de los tipos sacó un arma y entonces se armó una refriega en medio de la calle. Murieron en el acto y también un agente. Eso me han contado.

–Qué horror.

–¿Usted sabía algo de unos turistas andando por la sierra, padre?

El cura no dudó un segundo en su respuesta.

–Elvira me habló en su día de una pareja de holandeses que se alojó en el hospedaje.

–Sí, ellos. La guerrilla llegó a la sierra.

–¿Por qué concluye eso, coronel? –curioseó don Basilio siguiéndole la corriente.

–¿Usted no lo cree? Esos turistas tenían que haber vuelto a las dos semanas al hospedaje. Allí dejaron algo de equipaje, según me había dicho Elvira.

–Usted sabía entones de la guerrilla… –disimuló el cura–. ¿Cómo puede ser que no nos hayamos enterado en el pueblo?

–Yo siempre sé, padre. Y también me lo pregunto. ¿En qué estarán pensando en Arellano? Yo lo que creo es que los indígenas están colaborando con ellos, fíjese.

–¿Con quién? –preguntó don Basilio protegiéndose.

El coronel lo miró con ojos desafiadores.

–Padre, con la guerrilla.

–Eso no puede ser.

—¿Cómo van a salir si no dos guerrilleros de la sierra con las tarjetas de crédito de dos turistas? Los secuestraron, padre, y los indígenas lo ven todo en la sierra.

—Los indígenas lo que quieren es estar en paz.

—Y por eso digo... si están amenazados por la guerrilla, no les queda otra que colaborar. ¿Quién les quemó las casas si no?

—Eso no se sabe. Ni ellos lo saben. Puede ser un conflicto entre ellos o pueden ser los narcotraficantes para atemorizarlos y exigirles que les entreguen tierras y coca. El narcotráfico es despiadado en todo el país y en la sierra también; aunque se empeñen en ocultarlo, se sabe que hay.

—Eso es que da plata, padre.

—Demasiada plata —meditó don Basilio—. Y le va a sonar extraño, coronel, pero pienso que el narcotráfico no se acabará hasta que no se legalice la cocaína.

—¿Y producirla y tomarla como el café?

—Nadie mataría por algo que uno puede comprar legalmente, de calidad y más barato en un sitio público; consumirla o no es ya una cuestión de educación y moral. Simplemente habría menos gente haciéndose rica.

—Es usted un cura muy particular. No creo que sea eso lo que piensa la Iglesia.

—Tiene razón, coronel, solo la de Arellano, que de momento soy yo. ¿Sabe cuánto valía la carga de los Espinosa en Estados Unidos?

—Treinta mil dólares un solo kilo. Ochenta kilos... Calcule.

—¿Sabe usted cuánto les quedaba de eso a los jaguaríes?

–¿Usted lo sabe? Me sorprende, padre.

–Es un suponer. No me refiero a todos los jaguaríes, sino a los muchachos que les llevaban la hoja de coca a espaldas de su propio pueblo –se lamentó don Basilio–. Lo hicieron por dos pares de botas, unos machetes y unas cacerolas. Lo que es a los jaguaríes, lo que les ha quedado realmente es solo miedo y tierras vacías, porque se las han robado para las plantaciones.

–¿Los Espinosa hicieron eso?

–Usted sabrá, coronel, si solo ellos...

Evaristo Arias se levantó de su silla, sirvió más café y reflexionó con el sonido de aquel chorro negro durante el tiempo que tardó en llenarse la taza de su invitado.

–Los indígenas han de espabilar. No solo se piensan que son el centro del mundo, sino que se creen que el único mundo que existe es el suyo, y si pasa algo que los *mamos* no conocen resulta que para ellos no ha pasado, pero sí pasa y así no se evoluciona. No pensaron nunca que los cambios podían venir desde fuera y al final les toca cambiar a la fuerza. Vaya si les va a tocar, porque lo externo les obliga; a todos nos hace cambiar lo que viene de fuera. Negarse al cambio es luchar contra la evolución. ¿Acaso ellos no pelearon en el pasado para quedarse en esta tierra? Luchar por dominar, por sobreponerse a las amenazas de otros, eso es la condición humana.

–Los indígenas también evolucionan a su manera, y saben que les estamos obligando a cambiar; el mérito está en que llevan siglos sin hacerlo, a pesar de todo. No tengo tan claro que ellos sean tan agresivos como nosotros. Fíjese a todo lo que han sobrevivido: la llegada de nuestros antepasados, las plantaciones, y ahora el conflicto armado. Eso es lo admirable: que perduran a pesar de ello. Son testigos de la evolución, siguen conservando la naturaleza y sus tradiciones, y saben mejor que nadie que el clima está cambiando y que es por culpa nuestra.

—Por sus hermanos menores —confirmó el coronel, completando la reflexión de don Basilio.

—Así es, así nos llaman. Nosotros los blancos y mestizos, los de fuera. Por eso digo que son como un laboratorio del que tenemos mucho que aprender. Mejor que cambien a su ritmo; no les obliguemos nosotros, aprendamos de la gente que es diferente si queremos saber más cosas.

El coronel le escuchó atentamente.

—Hay algo sabio en sus palabras. Un laboratorio del que aprender. Eso son. Es verdad. Pero sigo creyendo que no les queda otra que adaptarse. Lamentablemente, así es la vida: evolucionas o desapareces.

—No puede ser que seamos tan ignorantes, coronel. ¿Es que siempre hay que estar en un bando? ¿Usted sabe por qué ellos adoran a los murciélagos?

—¿Por qué?

—Ellos dicen que para los pájaros el murciélago es un roedor que se come sus huevos, mientras que para los roedores el murciélago es un pájaro que los ataca desde el aire.

—¿Y? ¿Qué es el murciélago entonces? Un roedor con alas.

—Un quiróptero, coronel. Ni ave ni roedor. Si nos quedamos en lo superficial no vemos el fondo del asunto. El pobre murciélago sin identidad propia. Al final tiene que vivir boca abajo para entender un mundo que está al revés, porque a ellos nadie los ve como lo que realmente son.

–Los jaguaríes son como los murciélagos: ven el mundo desde otro punto de vista… –reflexionó el coronel–. Es sabio eso que dice también, padre.

El cura suspiró dando por acabada la reflexión y el coronel le dejó estar para retomar el centro de su asunto.

–En definitiva, los Espinosa llevaron a los turistas hasta la sierra –continuó el coronel–. ¿Por qué cree usted que lo hicieron?

–Querían conocer a los jaguaríes, según me dijo Fabián.

–¿Son los únicos narcotraficantes que conoce?

Don Basilio le miró perplejo ante su inesperada pregunta.

–¿Qué quiere decir?

–Padre, usted sabía desde el principio que aquella finca tan alejada del pueblo no iba a ser una inversión segura para el café y sin embargo me pidió que invirtiera en Julio Espinosa.

–Por entonces era un buen hombre que necesitaba sacar a su familia adelante. Necesitaba tierras, y tenían la esperanza de encontrar un buen médico en Houston.

–En Miami, decía él.

–Bueno. Uno bueno, donde fuera.

–Pero ¿quién se creía que iba a sacar tanta plata con el café?

–Hombre, a decir verdad, el error de Julio Espinosa fue haber sido honesto con usted, coronel. De haber sido yo, le habría agarrado la plata y me habría escapado sin más al extranjero para salvar a mi mujer –contestó entre irónico y certero.

–¿Qué respuesta es esa, padre?

–¿Qué pregunta es la suya, coronel? ¿Acaso usted no sabía de lo complicado de aquellos terrenos? De plantar café usted de lego tiene poco. ¿Me trata a mí por ignorante de todo lo que está pasando?

–Él necesitaba esperanza; usted me pidió que le ayudase y yo lo hice. ¿No dice usted eso en sus sermones?

Don Basilio se agarró el temblor de la mano nuevamente. De repente comprendió lo que de alguna manera había intuido durante mucho tiempo.

–Qué cara más dura tiene usted, Evaristo Arias. Y, dígame, ¿desde cuándo vuela a Nicaragua?

–Me sorprende que insinúe, padre. También podría yo preguntarle por qué un sacerdote ha entregado a Julio Espinosa y a su hijo al Ejército, y de paso a la amante irracional, y, si me apura, hasta a su marido, porque todos sabemos que eso es lo que era Elvira, y hasta Emilio; algún papel tendría en la vaina, si no ¿por qué se metió en el lío? Hay que tener los ojos bien abiertos, cura.

En ese momento don Basilio lo miró con los ojos bien abiertos y, recayendo en su propio gesto, apurando su café, pensó en aquella Elvira, hiló los cabos que pudo con los Espinosa y la marcha de Paola, y entonces le vino la intuición sobre la muerte de Violeta Mejías. De la misma manera sintió que ya daba igual. Al fin y al cabo, ella sola se había condenado con su propio alocamiento por Julio Espinosa y esa era a su vez la única oportunidad de libertad que se le abría a Paola. Al fin y al cabo, a don Basilio eso era lo que más le preocupaba de aquella familia.

–No insinúo –continuó don Basilio–. El narcotráfico es lo último que ha de hacer un hombre para enriquecerse, y me duele ver lo que les hacéis a los indígenas. Ellos no tienen nada que ver con las vainas de unos y de otros.

Evaristo Arias lo miró con una sonrisa melódica de las comisuras hacia fuera, pero condescendiente hacia dentro.

–Ya –concluyó el coronel, dejando la taza en la mesa.

–¿Hay algo más?

–Si puedo aún… Quisiera que me aconsejara dónde plantar más café acá en la sierra. A poder ser lejos de la guerrilla.

–¿Dónde está esa guerrilla? –fingió el cura mostrándose alterado.

–Relájese, padre. Relájese.

–Más café… Mire, coronel. Yo antes pensaba que el café era el futuro para Arellano, y para toda la sierra, pero veo que al final van a tener razón los indígenas.

–Hagámoslo de manera sostenible.

–¿Sostenible? Digo yo lo que los indígenas. Si quitan el bosque, ¿cómo va a ser sostenible? Hasta yo mismo pienso si he de dejar de tomar café por solidaridad con ellos.

–¿Usted? ¿Dejar el café? –rió–. ¿Y qué va a tomar pues? Cura revolucionario.

–Coca-Cola, aunque sea –contestó irracional.

El coronel le miró incrédulo durante unos instantes hasta que no pudo contener más la risa. Entonces estalló en una gran carcajada:

—¿Con o sin cafeína? —preguntó irónico—. Este don Basilio... Qué cosas de medio cura tiene usted.

—Ríase... Por cierto, no me contó qué pasó con el turista exactamente ¿También murió en la balacera?

—No padre, no murió... ¿Blancas o negras?

—Blancas, deme... ¿Y?... ¿Dónde anda?

—Mueva, padre.

Se hizo un silencio.

—¿Ya movió usted ficha otra vez?

—Empiezan blancas siempre, padre.

—Ya sé que empiezan blancas...

26

La misma mañana en la que el Yolapeño decidió enviar a Paola a Mamaluma también dio la orden de liberar a Dael. En esto siguió la última recomendación que le llegó por radio: ponerla en contacto con un muchacho de Arellano llamado Marcelino, dijeron. Él la conduciría con seguridad hasta don Basilio.

El Yolapeño y Manuel «Colibrí» Cardeño se convencieron de que esta era la mejor fórmula para deshacerse de ella: sacarla de la sierra con alguien de confianza era la manera más rápida y segura para evitar que el Ejército entrara a buscarla. En todo caso, estaban convencidos de que tenían que abandonar el campamento e internarse más en la sierra.

Fue Mario el Eléctrico quien acompañó a Dael hasta las primeras casas de Cerrito Blanco. La bajó con los ojos tapados. Allí le indicó que pidiera ayuda preguntando por un tal Marcelino y que le dijera que la llevase hasta don Basilio. Luego se ocultó entre unas plataneras para evitar ser visto por los vecinos y esperó con paciencia hasta comprobar que la muchacha conseguía hablar con una mujer que iba acompañada por dos niñas y una vaca.

—¿Marcelino? —fue todo lo que Dael dijo.

La mujer se le quedó mirando, inicialmente con gesto neutro, hasta que se percató de su rictus de ansiedad. Entonces reaccionó entendiendo que detrás de aquella pregunta había urgencia.

—Marcelino, allá —fue la respuesta señalando uno de los bohíos del poblado.

Dael se quedó mirándola, insegura. La mujer, comprendiendo sus dudas, reaccionó entregando a la niña mayor el palo con el que arreaba a la vaca para guiar ella misma a la holandesa hasta la puerta de la casa de Marcelino. Llamó con la voz en alto, algo en idioma jaguarí, y al instante apareció Marcelino mordisqueando un limón.

Se quedó mirando a Dael sin mediar palabra.

—¿Me puedes llevar hasta don Basilio, por favor? —dijo ella con relativa calma.

Marcelino la miró ensimismado y enseguida asintió comprendiendo quién era aquella turista y lo que necesitaba. Entró en la casa en busca de unos plátanos que ofrecerle y, con un gesto mínimo, le dijo:

—Vamos.

Don Basilio, Dael y Marcelino hablaron, se contaron, se escucharon y pensaron juntos.

Todos hilaron sus cabos.

Marcelino y don Basillio supieron por Dael que Paola estaba embarazada y dispuesta a dar a luz en Mamaluma y Dael tuvo la certeza de que don Basilio fue quien facilitó la incorporación de Paola a la guerrilla para que escapara de su calvario, dándole la oportunidad de abortar en la clandestinidad de la guerrilla. Ahora ya no iba a ser así.

Marcelino confirmó que su corazón se había roto para siempre y que aquella Paola que había sido su amada ya no podía volver a serlo, y eso le hizo sentirse mal, pues de esa forma no era capaz aún de abrazar la enseñanza del *mamo* Jerónimo. Dael, por su parte, confesó que no podría haber ayudado a Paola a abortar porque ella en verdad no era enfermera.

Con esta información, don Basilio se agarró a la radio para llamar por última vez al coronel.

–La turista ha sido liberada, ha aparecido en Arellano –dijo.

–Excelente –respondió la voz del otro lado de la emisora. Allí, junto al coronel, estaba Siem. Ambos se miraron y lo celebraron con una sonrisa.

–Joven. Se van sin visitar a los jaguaríes, pero tengan la seguridad de que les haré llegar a Amsterdam el mejor producto de toda la sierra –concluyó el coronel.

–Y también algo del mejor café, don Evaristo.

–También café. Por supuesto.

27

En su estado, a Paola le llevó casi todo el día llegar al poblado. Iba acompañada por Manuel «Colibrí» Cardeño y por otro guerrillero del comando, ambos armados con el fusil al hombro.

Al entrar en Mamaluma se veían varias casas quemadas, paredes de adobe, caña y pleita hundidas, otras remendadas, muchas aún tiznadas por el humo negro. Algunas de ellas ya habían sido restauradas, pero era evidente que allí había pasado algo grave. Algunos hombres estaban empleados en limpiar de hierbas los caminos interiores del poblado, otros se afanaban en reconstruir algunas de aquellas casas incendiadas meses atrás. Todos se quedaron mirándolos, medio asustados medio curiosos.

Rápidamente corrió la voz hasta avisar al *mamo* Jerónimo de la llegada de los visitantes. Aunque no tenían a Marcelino en el poblado para hacer de traductor, tampoco hicieron falta muchas palabras para entender el motivo de la visita de los guerrilleros con aquella Paola tan encinta. Ella llegó agotada, con el pelo pegado a su rostro sudoroso y desencajado. El *mamo* habló con la gente que allí se había reunido; lo hizo en un tono lento, como explicando lo que la llegada de Paola podía significar para su pueblo. En su sermón, la única palabra que Paola entendió fue «Marcelino».

–¿Hablan de Marcelino de Cerrito Blanco? ¿Está aquí?

Nadie contestó y ella no insistió.

Paola pensó en las cosas que Marcelino le contaba de los jaguaríes y así le vino la firme convicción de que todo lo que estaba viviendo desde que marchó de Arellano era el pagamento que la madre Tierra le tomaba para compensar sus errores. Confió en que en algún momento la cuenta quedaría definitivamente saldada y que entonces sería libre para elegir su propio futuro, empezando nuevamente desde cero. Le confortó pensar que estaba en el centro del mundo y que no había lugar mejor.

Enseguida le ofrecieron descanso en el mismo bohío donde se reunían los *mamos*, porque la casa de las mujeres estaba aún destruida. Entonces varias de ellas, incluida la mujer del *mamo*, se organizaron para cuidarla. Con las mismas, el *mamo* pidió a los guerrilleros que abandonaran el poblado; los jaguaríes cuidarían de ella sin problema, pero no estaban dispuestos a tener hombres armados en Mamaluma: «Hijo nacerá en Mamaluma. Hombres marchar.», fue la expresión del *mamo* Jerónimo en boca de Sinduldi.

Manuel «Colibrí» Cardeño comprendió el protocolo y, agradecido, no puso objeción alguna.

–Estás en buenas manos, compañera –dijo a modo de despedida.

–Yo también lo creo –contestó Paola, aunque un tanto inquieta.

El picaflor del comando hizo entonces un gesto con la cabeza a su otro compañero armado, quien inmediatamente, neutro de sentimientos, inició la marcha de vuelta al campamento que estaban desmontando el resto de los guerrilleros, mientras el propio Manuel «Colibrí» Cardeño se despedía ridículamente con un gesto que pretendía ser una reverencia, pero que más bien hacía honor al aleteo del pajarillo andino de su propio apodo, seguramente inspirado de repente en alguna suerte de admiración impensada hacia aquel líder espiritual de aquella raza de gente mucho más pura que la suya propia. Así se marcharon de allí, ante la mirada atónita de todos los presentes. Hubo muy pocas palabras, pero tampoco eran necesarias; todos entendían la circunstancia y el papel que cada uno tenía en aquel momento.

En el interior de la cabaña, tres mujeres jaguaríes de piel oscura, descalzas y vestidas de blanco, y con sus cuellos adornados de chaquiras, se ocupaban ya de Paola. Le ofrecieron que se tumbase en una hamaca. Desde aquella posición casi horizontal dejó ir sus pensamientos y sus miedos fijando su mirada en el ascenso vertical del humo que volaba desde una lumbre de palos de guamo prendida en el centro de aquel espacio redondo como el mundo. El incienso aquel le recordó aquellas tardes tostando café con Marcelino en casa de don Basilio. También pensó que aquel humo no tenía salida aparente del bohío y que acabaría nublando su mente una vez más, asfixiándola, volviendo a hacerle revivir momentos que no deseaba. Cerró los ojos por un momento y al abrirlos comprobó que aquel humo atravesaba el techo silenciosamente para desaparecer sin más a través de su complejo entramado de paja. Eso la reconfortó.

Enseguida una de las mujeres entró con unas cacerolas completamente negras de tizne por fuera y del color del acero por dentro. Allí pusieron agua a calentar. Con ese agua prepararon una infusión de hierbas para Paola y también reservaron una buena cantidad para lavar su cuerpo. La desnudaron y la cubrieron con una manta de algodón blanco, de la misma tela con la que hacían sus vestidos. Cuando ya estaba limpia, le ataron a la muñeca una *aseguranza* de hilo trenzado de algodón que el mismo *mamo* había venerado en un ritual.

Las mujeres prepararon también un lecho para ella. Sobre esteras de empleitas de hojas de maíz, con las que cubrían el duro suelo de tierra del interior de la choza, dispusieron varias telas blancas limpias en capas cruzadas.

Enseguida, Paola se sintió de parto. No había tenido esa sensación tan intensa hasta aquel momento. Pensó que aquella otra infusión estaba destinada a ese fin. En la puerta de aquella casa donde se reunían los *mamos* se apelotonaron ahora varias mujeres y, con ellas, el resto del pueblo, niños y mayores. Paola pasó de los dolores y los lamentos a la calma. Lo hizo acompañada por el calor y el arrullo de unas mujeres que hablaban en un idioma extranjero pero que le resultaba perfectamente comprensible en aquellas circunstancias, haciéndole sentir una infinita paz interior.

Y así fue como yo me vine finalmente al mundo.

28

Disculpen que no me haya presentado hasta ahora. Me llamo Nuhué. En nuestra lengua es el nombre que se le da al Cosmos, y también es el nombre de la casa principal de nuestros poblados, la casa donde se reúnen los *mamos*. Ahí nací yo.

Las mujeres cortaron mi cordón umbilical con una especie de cuchillo de filo de madera muy dura. Lo embadurnaron con las cenizas más finas, aún humeantes, de la misma hoguera donde calentaban el agua que utilizaron durante mi nacimiento y que seguía prendida dando luz y calor en el interior del bohío. Lo guardaron en un bolso nuevo de tela de algodón que regalaron a Paola —ustedes dirán, mi madre— mientras ella, exhausta, contenía el llanto por la mezcla de emociones que representaba mi nacimiento, menos por el esfuerzo físico.

Con la placenta hicieron algo parecido, aunque esta no se la dieron a ella sino que la metieron en un calabazo con más cenizas y se la entregaron al *mamo*, para que la llevara a enterrar a un lugar sagrado que solo ellos conocían y que es común para todas las placentas de los que hemos nacido en Mamaluma. Allí el *mamo* va a pedir por nuestra buena salud cuando nos enfermamos.

Luego me pusieron en sus brazos aún manchado de su atmósfera interior. Paola me tomó contra su regazo por unos segundos, con extrañeza y, en un acto casi instintivo, me entregó a la mujer del *mamo*, quien me recibió con naturalidad, como si eso fuera algo normal en el ritual de todo recién nacido. Pienso que Paola realmente me entregó porque consideraba que ella no sería capaz de cuidar de mí, porque no me sentía suyo, y que no habría nadie mejor que aquellas personas que cuidaban del centro del mundo para cuidar de la vida de su recién nacido.

La mujer del *mamo* salió de la cabaña conmigo en las manos, yo desnudo y llorón. Me mostró a su marido y este, continuando el ritual, me bautizó sin agua; simplemente me colocó una *aseguranza* más, pero esta distinta: un collar exclusivo que lleva una piedra pequeña pero única, de turmalina negra, traída desde unas montañas lejanas, y que hicieron colgar holgadamente de mi mínimo cuellito para ofrecerme un buen porvenir.

Acabada la ceremonia de mi nacimiento y bautizo inmediato, las mujeres le ofrecieron otra infusión a Paola, muy dulce, pura aguapanela con unas hierbas que solo ellas saben mezclar. La subieron a la hamaca y la dejaron amamantándome. Durante una semana, todos los días, las mujeres de Mamaluma se turnaron para cuidarla: le traían comida, le servían agua caliente, la lavaban y también cuidaban de mí cuando ella tenía que salir a hacer sus necesidades.

A la semana, en la noche del mes de agosto en que Mamaluma dormía bajo la luna llena, Paola se levantó y me acunó en la hamaca. Me tapó, dejándome completamente dormido y colocó sobre mi pecho una hoja de papel en blanco sobre el que nada escribió, que arrancó de una pequeña libreta que llevaba en su guerrera. Luego supongo que me dio un beso en la frente y se marchó de Mamaluma, tal vez queriendo seguir siendo una guerrillera en busca de su propia libertad.

Y así fue como llegué hasta aquí. Y aunque mi piel es más clara, mis ojos verdes y mi pelo de color castaño, mi familia, mi única familia, han sido los indios jaguaríes. Cuidaron de mí y me educaron, y nunca dijeron que yo no fuera como ellos; al contrario, siempre me respetaron y me consideraron uno más, y por eso digo que yo no tuve un padre ni una madre, sino que tuve docenas de padres, madres y hermanos. A ellos, y a Paola, donde quiera que esté, debo agradecerles el haberme convertido en el primer indígena jaguarí que no ha sido engendrado en un vientre amerindio. ¿Se imaginan?

Cuando conocí a Marcelino yo ya tenía cumplidos los ocho años. Fue un día en que el *mamo* mandó llamarle no sé para qué y él vino al pueblo. Hablaron por unas horas y se marchó. Para entonces la guerrilla había desaparecido ya de la sierra, aunque no el narcotráfico. El coronel aún vivía, pero era ya muy anciano y se sabía poco de él en Arellano. Decían que aún lo cuidaba aquella mujer más joven con la que solía venir por la sierra; estaría enamorada de verdad a pesar de su juventud. Fabián, Julio Espinosa y Elvira Vélez —ustedes dirán mi padre y mis abuelos vivos— por entonces seguían en la cárcel.

Más adelante, a los pocos meses de aquella visita, Marcelino volvió a subir a Mamaluma. Esta vez lo hizo para comunicarle al *mamo* que don Basilio había fallecido y también para aceptar la petición que el *mamo* le había hecho: cuidar de mí.

El *mamo* Jerónimo quiso que yo fuera a la escuela de los civilizados y le pidió a Marcelino –que, por algún motivo de la naturaleza, no tenía hijos con su mujer– que pusiera en mí todo lo que don Basilio le explicó a él sobre el café. Esa sería su manera de recomponer su corazón con el pasado.

Y al final don Basilio tenía razón. Ahora los jaguaríes comenzamos a cultivar café, y hasta lo tomamos, aunque no es la bebida que más nos gusta porque nos pone demasiado nerviosos; bueno, a mí no tanto, pero eso debe de ser por una cuestión genética. Lo que sí está claro es que al final, tarde o temprano, todo cambia, aunque, eso sí, nosotros solo lo plantamos en pequeñas extensiones, procurando siempre que sea bajo la sombra del bosque, sin químicos, respetando la naturaleza para que los pájaros también tengan un hogar entre nosotros. Los civilizados le llaman café de «cultivo sostenible».

Me hace ilusión contarles mi historia porque una tarde Marcelino me dijo que yo era el café pergamino que los jaguaríes seleccionaron sabiamente para ayudarles a recuperar el espacio que habían perdido en su mundo: grano puro de jaguarí por dentro y cuerpo de civilizado por fuera. También me advirtió que, como todos los jaguaríes, quedaría condenado a vivir en zona de fuego cruzado, pero motivado por la sabia perspectiva de que pájaros y roedores comprenderían algún día que los murciélagos no son ni de unos ni de otros, y que así han de reconocerlos y respetarlos. Pero claro, para que los otros lo entiendan alguien ha de explicárselo en su propio lenguaje.

Seminómada, julio 2018

www.ingramcontent.com/pod-product-compliance
Lightning Source LLC
Chambersburg PA
CBHW051830150726

47998CB00001B/360